La femme rompue

独白

[法]西蒙娜·德·波伏瓦 著

张香筠 译

Simone de Beauvoir

上海译文出版社

目 录

懂事年龄 1

独白 67

筋疲力尽的女人 91

懂事年龄

我的表停了吗？没有。可是指针似乎纹丝不动。不能去看。想想别的事情吧，随便什么：回想这一整天，与往常一样平静，只有等待让人坐立不安。

早上温馨的起床时间。安德雷蜷缩在床上，戴着眼罩，一只手撑着墙，非常孩子气，就好像他在睡梦中需要测试这世界是否结实可靠似的。我在床沿坐下，把手放在他的肩膀上。他这才拿掉了眼罩，受惊的脸上露出一丝微笑。

"八点了。"

我把早餐放在书房里，然后拿起昨天刚刚收到、但已经翻了一半的新书。还是说沟通的问题，尽是陈词滥调！如果大家都努力沟通，一定会有效果。当然不是去和所有人沟通，两三个就可以了。我常常不让安德雷发脾气、发牢骚，也不让他埋怨自己，他肯定也有些话并不想跟我说，但总体上讲我们相互之间是非常了解的。我把滚烫的、沏得浓浓的中国茶倒进杯子里。我们一边喝茶一边看刚收到的信件，七月的阳光毫无阻拦地照进来。有多少次，我们这样面对面，坐在书房的小圆桌旁，桌上放着滚烫的浓茶？明天还会这样，明年，十年以后……这个时刻就像回忆一样甜蜜，就像许诺一样快乐。我们是三十岁？还是六十岁？安德雷的头发很早就变白了：开始，头顶的白霜衬托着他年轻的轮廓，给他添了一些潇洒。这种潇洒今天还在。他的皮肤粗了，有皱纹了，但他嘴边和眼角的笑意依旧和过去一样迷人。即便影集里的老照片保留了他年轻的风采，可我还是喜欢他现在的脸，我眼里的他是没有年龄的。多年来的生活中，有欢笑，有眼泪，有愤怒，有约束，有倾诉，有沉默，有冲动，有的时候我感觉时间并没有流逝。未来还远无尽头。他站起来：

"你好好工作吧，"他对我说。

"好，你也好好工作吧。"

他什么也没说。在他的这种研究工作中，有些时候就是没有进展，可他现在有点不太接受这样的现实。

我打开窗户。巴黎城似乎已经被炎炎的夏日摧垮了，街上有一股沥青的味道。我目送安德雷离开。也许就是在目送他远去的时刻，他的存在对于我来说才是最真实的；他高大的身影逐渐变小了，而每一步走出的都是回家的路；他的身影消失了，街道像是空了，但实际上这正是一个动力场，会把他重新推向我，他的自然归属；想到这里我总是由衷地感动，比他在家的时候更觉得幸福。

我在阳台上站了很久。我住在七层，能够看到巴黎的很多地方。鸽子在深灰色的楼顶上飞来飞去，花盆式的烟囱。还有高吊车的车臂，红的，黄的——五个，九个，十个，我数了十个——它们似乎在阻挡天空；向右看，我的视野被一堵巨大的墙挡住了，墙上像是有无数小孔：那是一座新建筑；我还看到不少新建的摩天大楼。埃德加·基内大街的空地什么时候变成了停车场？我眼前的风景总是在更新，而我的脑子里却并没有过去的任何印象。我倒很想把新旧的两道风景比一比，好好看看其中的不同。毫无可能。世界就是在我眼前不断地创造出来的，我总是很快地适应它的新面孔，而感觉不到它的变化。

我的桌子上有不少书稿和白纸在等着我，可是我脑子里的词句却在旋转，让我静不下心来。"菲利普今晚过来。"他差不多一个月没有露面了。我走进他的房间，看见他的书、纸还都乱放着，灰色的旧毛衣、紫色的睡衣搭在椅背上。我还不知道是不是该把这个房间翻新一下，现在我没有时间，也没有钱，我也不想就此承认菲利普今后不再属于我了。我回到书房，一大束新鲜玫瑰的芳香在这里弥漫着。我奇怪我竟然从来没有觉得家里空荡荡的。我们什么都不缺。我的目光掠过沙发上那些色调柔和的靠垫，几个波兰布娃娃和斯洛伐克大盗，还有葡萄牙公鸡，一切都各据其位。"菲利普就要来了……"我呆呆地坐着。伤心，想掉泪。但也很欢喜，难以抑制的欢喜。

我决定出去感受感受夏日的气息。一个高大的黑人在漫不经心地扫地，他穿着深蓝色雨衣，头戴一顶灰色的毡帽。以前在这里扫地的是个古铜面色的阿尔及利亚人。埃德加·基内大街上到处是女人。因为这几年我从不在上午出门，我对这里的露天市场非常陌生（摊位这么多，货物如此丰富）。一个小老太太一手紧紧握着她的空篮子，一瘸一拐地从一个摊子挪到另一个摊子。过去我从来不注意这些老年人，我把他们当成会走路的死人，现在我看到他们了，其实都是只比我大几岁的男人和女人。这个老太太是我那天在肉店注意到的，她向老板要了一点零碎肉给她的猫吃。"给猫吃！"肉店老板等她走出去后，笑着对我说，"她根本没有猫。她回去自己炖着吃！"过一会儿她肯定会趁清洁工还没打扫的时候，在摊子底下捡一点菜叶、剩余水果之类的。每个月靠一百八十法郎艰难度日，如今法国这样的人超过一百万，还有另外三百万人的境况也好不了多少。

我买了水果、鲜花，在街上闲逛了一会儿。"退休"这个词我以前很不喜欢，听上去给人感觉像是被社会抛弃了。我一直觉得整天闲着没事非常可怕。我想错了。退休后时间确实很多，但我可以安排。没有限制、没有任务的日子真是惬意！不过时不时地，我也有点恐慌。我想起我刚工作的年代，我的第一批学生，还有在外省度过的秋天。正式退休的那一天似乎也一样久远了，但却像死亡，虚幻而不真实。其实这只是一年前的事。人生的分界线经历了很多，而退休这一道是最严格的，像铁壁铜墙。

我回到家，坐到我的书桌前：如果没有手边的工作，我一定难以体会刚才闲逛的乐趣。快一点钟的时候，我停下工作，去厨房布置餐桌。我的厨房完全是旧式的，和童年时祖母家的厨房一样：农家大餐桌，长凳，铜制厨具，天花板上有外露的房梁；只是煤气灶比以前的先进了，还多了冰箱。（冰箱是什么时候在法国出现的？我家的冰箱是十年前买的，但当时已经很普及了。那究竟是什么时候？二战前？二战结束后？这又是一个我想不起来的事情。）

安德雷很晚才到家，他事先告诉过我，离开实验室后要去参加一个关于打击力量的会议。我问他：

"会开得怎么样？"

"我们起草了一份新宣言。不过我也不抱什么幻想，这个宣言不会比前几个影响大。法国人根本不会关心。不关心打击力量，不关心原子弹，什么都不关心。有时候我真想卷铺盖走人，去古巴，或者去马里。真的，我做梦都想走。到那些地方咱们可能还有点用。"

"那你就没法工作了。"

"那也不是什么太大的遗憾。"

我把生菜、火腿、干酪和水果全摆在桌子上。

"你这么泄气呀?你们原地踏步这也不是第一次嘛。"

"不是。"

"那怎么回事儿?"

"你反正不想明白。"

他经常跟我说,现在所有的新点子都来自别的同事,说他自己年纪太大,不可能再有新发现了。我不相信。

"噢!我知道你的意思,"我对他说。"我就是不相信。"

"那你就错了。我上一个点子,是十五年前的事儿。"

十五年了。他这个低谷确实持续了很长时间。可是,他需要时间去寻找新的灵感。我想到瓦莱里的两句诗:

每一个沉默的原子
都是结成硕果的契机。

漫长的孕育之后,常常会有意想不到的成果。这个阶段还没有结束。我了解这个过程:疑虑,失败,停滞不前,然后是一缕光明,一片希望,一条被认可的思路;再经过几个星期或是几个月的急切等待,就会有成功的喜悦和沉醉。我不懂安德雷的课题,但我的顽固信心过去一直能鼓励他。现在我仍旧信心十足,可是为什么没办法传递给他呢?我真不愿意相信今后再也看不到他眼中闪烁那种有新发现的快乐。

我说:

"没有什么能证明你不会有第二次灵感了。"

"一定不会了。到我这个年纪,人的头脑总是按照习惯性的路子运转，所以不利于发明创造。我也一年比一年无知了。"

"咱们过十年再说。没准你在七十岁的时候会有最大的发现呢。"

"这就是你的乐观主义，但我肯定，这是不可能的。"

"这就是你的悲观主义！"

我们俩都笑了。但是确实没什么可笑的。安德雷的失败主义毫无根据。不错，弗洛伊德是在他的书信中说过，人到了一定年龄就不能再发明创造，说这是不可回避的事实。不过他说这话的时候比安德雷现在的年纪大得多。话说回来，我虽然有信心，却仍旧为他感到痛心。安德雷不能振作起来的原因，是他在整体上处于危机之中。他至今还没有真正承认自己的年龄，对此我很不理解。我今天照旧对很多事情感兴趣，他却不是。过去他什么都喜欢，但现在想要拉他去看个电影、画展，或是去朋友家吃饭，都是非常困难的事。

"你现在不喜欢出去玩，这多可惜，"我对他说。"这个季节天气这么好！我刚才还想到应该再去枫丹白露森林转转，到我外祖母家那边看看。"

"你真好玩，"他笑着说。"你全欧洲都走遍了，现在又想再看看巴黎的周边啦！"

"这有什么不好？难道说因为我去过雅典的卫城，尚波[①]的大教堂就变得俗不可耐了！"

"你说得对。实验室再有四五天就放假了，然后咱们就开车去转一圈。"

[①] Champeaux，法国塞纳-马恩省小镇，距巴黎东南四十公里，因一座建于十二至十四世纪初的大教堂闻名。

其实我们要在巴黎待到八月初才走，所以完全有时间多转几个地方。可他想去吗？我问他：

"明天星期天。你没空吗？"

"没有！你忘了，明天晚上有个新闻发布会，有关种族隔离问题的。他们给了我一大堆资料，我还没有看呢。"

西班牙政治犯，葡萄牙的被囚禁者，伊朗的受迫害者，刚果、安哥拉、喀麦隆的造反派，委内瑞拉、秘鲁、哥伦比亚的游击队，等等，他总是尽全力想援助他们。会议，宣言，集会，传单，谈判，他都随叫随到。

"你做得太多了。"

"怎么太多了？不做这个我做什么？"

当世界不再精彩的时候，我们该做什么？只有去杀时间了。我也有过一段难熬的时期，在十年前。我的身材使我灰心丧气，菲利普成了大人，我写的那本关于卢梭的书获得广泛赞誉后，我有点无所适从。年龄的增长让我恐惧。后来我开始了对孟德斯鸠的研究，我还帮助菲利普通过了教师资格考试，指导他选择了博士论文的课题。索邦大学请我去授课，我讲的内容比我们学校的课更有意思。我接受了自己身材的变化。于是我好像再生了。现在，要不是安德雷这样整天跟他的年龄作对，我完全能够忘记我的年龄。

他又出去了，我则又在阳台上站了好一会儿。高吊车的红色车臂在蓝天中舞动。一只黑色的飞虫在蓝天的背景下划出一道长线。我发现这世界永远是年轻的。我过去喜欢的很多东西都不存在了，而又出现了不少其他东西。昨天晚上我从拉斯帕伊大街经过的时候，天空的颜色是深红的；我感觉像是走在一个陌生的星球上，那里的草是紫色的，地是蓝色的；其实不过是几棵大树遮挡了一家店铺的霓虹灯招牌。安徒生六十岁的时候，对二十四小时能够穿越瑞典感到无比兴奋，因为这段路途在他年轻时需要一个星期才能完成。我也有过同样的体验：莫斯科如今距巴黎只有三个半小时的路程。

我坐出租车到了蒙苏里公园，我和玛蒂娜约好了在这里见面。公园里的草坪刚刚被剪过，新鲜的草香让我心醉：我想起我和安德雷背着旅行包在田野上踏青的日子，这似乎也是我儿时在上面玩耍过的草地的味道。无数的遐想和回忆，让我觉得，经历漫长的人生旅途其实也是非常美好的事。这人生旅途上的故事，我没有时间给自己讲述，但它们常常在不经意的时候清晰地展现在我的眼前。过去我的脑子里充满了各种计划、各类约定；而今天，使我为之所动的都是对逝去日子的回想。

"您好！"

在咖啡馆的露天座位中间，玛蒂娜正喝着一杯柠檬汁。她有一头浓密的黑发，蓝眼睛，穿着一件短式连衣裙，橙色和黄色相间条纹的，似乎也带一点紫色。真是个漂亮的年轻女人。四十岁的女人。我三十岁的时候，听到安德雷的父亲说一个四十岁的女人是"漂亮的年轻女人"，曾经不屑地发笑，今天我形容玛蒂娜用的完全是同样的词。现在我觉得所有人都很年轻。她微笑着对我说：

"您把您的书带来了吗？"

"当然。"

她看了我给她写的赠言，激动地说：

"谢谢您。我真是迫不及待地想读了。可是这段时间是期末，事情特别多。我得等到七月中旬再看。"

"我回头很想听听你的看法。"

我知道她会喜欢的，因为她和我总是意见一致。尽管她自己也是老师，而且结了婚有了孩子，但她对我还保留了一点那种学生对老师的敬畏态度，不然的话我是完全可以把她当成平等朋友的。

"现在教文学真是很难。要是没有您写的这些书，我真不知道该怎么下手。"

她又有点儿羞怯地问：

"您对这本书满意吗？"

我笑了，说：

"实话说，挺满意的。"

她目光里还有个问号，但她没敢提出问题。我就先说了，她的沉默似乎催促我把有些话赶紧说出来：

"你是知道我写书的意图的：我从研究战后出现的各种文学批评入手，想推出一套新思路，能够更准确更深刻地理解一个作家的作品。但愿我这个目的达到了。"

这不只是一个愿望，我对此深信不疑。我的心里似乎充满了阳光。在晴朗的天空下，我喜欢这些树、草坪，还有弯弯曲曲的小路，我过去曾经和同学、朋友经常在这里散步。他们中有几个已经去世，有的杳无音信。幸运的是，我与一些学生和年轻同事交了朋友，不像安德雷那样孤家寡人；比起和我同龄的人，我更愿意和这些年轻人交往。她们激发我的好奇心，也把我引入了她们的未来。

玛蒂娜用掌心轻抚着书皮，说：

"我还是想今晚就翻一翻。有人读过了吗？"

"只有安德雷读过。不过，文学嘛，他没有太大兴趣。"

他对什么都没有兴趣。而且他还是个失败主义者，对我的事情也抱着一样的态度。尽管他没有直接跟我说，其实他心里断定，我再写什么也不可能突破以前的成绩了。我根本不理他这些，我知道我新出的这本书比以前的好，第二卷还会更上一层楼。

"您儿子呢？"

"我给他看了，还给他提了很多问题。他今晚正好要回来，应该会跟我谈的。"

我们谈论了菲利普，谈到他的博士论文，也谈了谈文学。她跟我一样，是个热爱文字和善于舞文弄墨的人。只是她的工作和家庭叫她忙得团团转。她开着她的小车送我到家门口。

"你这一段还会来巴黎吗？"

"不会了。我从南锡直接去约讷省度假。"

"假期你写点东西吗？"

"我很想，可我总是没时间。我没有您这么充足的精力。"

这不是什么精力的问题，我一边上楼一边想：我不写作就不能生存。为什么？为什么我不让安德雷由着菲利普自己选择别的路，而费尽心思非要把他培养到学术领域来？对于我，从童年到青少年时代，是书把我一次次从伤心绝望中拯救出来；我确信文化是世界上最有价值的东西，我也不容任何人动摇这一信念。

玛丽-让娜在厨房里准备晚餐，都是菲利普最喜欢吃的菜。我进去看了看，然后翻了翻报纸，花四十五分钟完成了报纸上的填字游戏；有时候，我很喜欢长时间趴在填字格子上去想那些藏而不露的词；这时我的脑子就像显影剂，它的用途就是把深藏无影的词显示到空白的格子里。

填完最后一个格子，我到衣橱里找出了我最漂亮的连衣裙，是粉灰色的。我五十岁的时候，总觉得自己的衣服不是太暗就是太艳；现在，我懂得什么衣服可以穿什么衣服不能穿，穿衣不再使我苦恼，但也毫无乐趣而言。我过去与我的衣服之间的那种亲密关系已经消失。不过现在我对自己的身材还算满意。当时是菲利普，有一天突然对我说："哎，你看，你胖了。"（他后来似乎没看出我瘦下来了。）我于是开始节食，还买了一个秤。年轻的时候我以为自己是永远不必为身材担忧的。结果呢！我越是不喜欢自己的身材，就越得为此操心。这是我自己的事情，再不情愿也必须认真对待，就像是老朋友，哪怕邋遢无趣，他需要帮忙的时候我也应该伸出手。

安德雷买回了一瓶香槟酒，我立刻放进了冰箱。我们两人聊了一会儿以后，他给他母亲打了电话。他经常给她打电话。老太太腿脚和视力都很好，至今还是共产党的活跃分子；只是她已经八十四岁，一个人在南部小镇生活，安德雷不太放心。他对着电话那边大笑，我还听到他惊叫，表示反对，然后又不做声了，一定是玛奈特老人家在滔滔不绝地讲。

"她给你讲什么了？"

"她越来越肯定，总有一天五千万中国人会开进苏联。要不然他们会随便发射一个炮弹什么的，好引发一次世界大战。她还指控我替他们说话，弄得我根本讲不清。"

"她身体好吗？不太心烦吧？"

"我们去她会特别高兴，她可不知道什么是心烦。"

她以前是小学老师，抚养了三个孩子，退休把她从劳累中解脱出来，到现在她一直非常开心。我们谈论了她一会儿，也说到了大家都了解得很少的中国人。安德雷翻开了一份杂志。我不住地看表，但表针像是不动了。

突然他就出现了。我常常吃惊地发现，他的脸上有着我母亲和安德雷截然不同的两种轮廓，融合在一起却非常和谐。他紧紧地拥抱了我，说了一些好听的话，我也使劲地搂住了他。然后我过来吻了伊莱纳的脸。她的脸是温热的，但她的笑容是冰冷的。伊莱纳。

我总是忘记她的存在，而她总是在菲利普的旁边。她一头金发，眼睛是灰蓝色的，嘴唇丰满，下巴尖尖的，额头很宽，看上去既有一点散漫，也有一点固执。我很快就抛开了她。我的眼睛里只有菲利普，就像从前每天早晨我叫他起床的时候一样。

"真的连一滴威士忌都不要吗？"安德雷问道。

"谢谢。我要一杯果汁好了。"

她总是这样恰如其分！她的穿着打扮是恰如其分的讲究：头发整齐服帖，刘海遮挡着她宽阔的前额，精致的淡妆，一丝不苟的套装。我在翻看女性杂志的时候经常会自言自语："这不就是伊莱纳嘛！"我在见到她的时候又经常认不出她来。安德雷说过："她挺好看的。"某些时候我表示同意：她的耳朵和鼻子都很秀气，涂成深蓝色的睫毛更显出她皮肤的白嫩。可是一旦她动一动头，脸似乎就滑下去了，别人只能看到她的嘴和下巴。伊莱纳。为什么？究竟是为什么，菲利普总是喜欢这种穿着讲究、表情冷淡、附庸风雅的女人？大概是为了证明自己有魅力。他一直并不认真。我想如果他是当真的……我以为他是不会当真的，然而一天晚上，他对我说："我有一件重要的事跟你说，"他当时的样子像是个过于兴奋的孩子。我感觉胸部受到了重重的一击，血液全部涌上脸颊，我使出全身的力量来克制嘴唇的剧烈颤抖。那是一个冬天的晚上，窗帘已经放下，台灯的光线照在沙发上，我和他似乎远隔千里。"你会喜欢她的，她是那种工作很认真的人。"她是电影厂的监制。我见过这类"跟得上时代"的女人：有一份轻松的工作，自称很有修养，经常进行体育锻炼，穿衣讲究，居室布置一丝不苟，对子女管教严格认真，善于社交，等等，总之方方面面都完美无缺。但实际上对于她们什么都不重要。我对这种人毫无兴趣。

六月初大学一放假,他们俩就到撒丁岛旅行结婚去了。刚才晚餐的时候——我一个劲地让菲利普多吃(来,把汤喝掉;再吃点牛肉;在去上课前得好好吃点东西),我们问起了这次旅行。伊莱纳的父母很富有,是他们出的钱,作为送给女儿的结婚礼物。餐桌上,伊莱纳不太说话,有点像那种聪明女人,喜欢等待恰当时机说一句非常到位的话来引人注目;她时不时地冒出两句,我个人觉得真是引人注目,因为她说的话不是太蠢,就是没有任何意义。

吃过饭我们回到书房。菲利普看了看我桌上的书稿。

"你有进展吗?"

"还行。你还没有看我的样稿吗?"

"确实还没顾上。不好意思。"

"那你就看成书吧。我可以给你一本。"

他的忽视让我心里很不好受,但我什么也没说。我问他:

"你呢?现在你该正经写你的博士论文了吧?"

他没有说话。他跟伊莱纳交换了一个奇怪的眼神。

"怎么?你们还要出去旅行?"

"不是。"他停了片刻后笑着说,"哈!你一定要生气了,你们肯定要责备我,可是我已经拿定主意了,这一个月里我反复想过了。现在我在当助教,根本没法兼顾博士论文。但是如果不读博士,将来在大学里也没什么出路。所以我打算离开大学。"

"你说什么?"

"我打算离开大学。我还年轻,还来得及改换方向。"

"这怎么行?你走到今天这一步很不容易,不能轻易放弃。"我恼火地说。

"你替我想想。过去教师这行是金饭碗。可如今大家都觉得,一边对付学生一边攻读博士根本做不到,因为现在学生人数太多了。"

"这倒是真的,"安德雷说。"三十个学生,就是三十个个体。五十个,就是闹哄哄的一大群。不过总是可以有办法让你自己挤出时间完成学位的。"

"不行,"伊莱纳非常决断地说。"教书,搞研究,这些工作挣钱太少了。我表哥是学化学的。他原来在国家科研中心工作,一个月才拿八百法郎;后来他进了一家生产色素的公司,现在能挣三千。"

"也不只是挣钱多少的问题,"菲利普补充道。

"就是。关键是要跟得上形势。"

就这么几句话,她终于透露出了对我们的看法。哎呀!这几句话说得小心翼翼的,我们完全能感觉到她的心理。(我可不想伤害你们,你们不要怨我,这也不是我的错,有些话必须得跟你们说清楚,但是我不想说得太多。)安德雷确实是大科学家,我呢,作为一个女人,成就也很突出了。可是,我们与世隔绝,只知道实验室和图书馆。年轻一代的知识分子更想与社会直接沟通。菲利普性格活跃,我们这样的生活可能并不适合他,在其他领域他也许会更有作为。

"再说了,博士论文写完就作废。"她说出了她的结论。她为什么要说这种难听的话?

伊莱纳没有傻到这个地步。她的确存在,她很重要,她已经把我这些年费尽心思和菲利普共同走出的路一笔勾销。这么多年,我一直坚持不懈地努力,帮助菲利普。有时候困难很大。"我这篇文章写不下去了,我头痛,我要请病假。""不行!"菲利普中学时候那张清秀的脸暗下来,绿色的眼睛愤怒地盯着我,说:"你太没有人情味了。"安德雷插话道:"就这一次好吧⋯⋯""不行!"我坚持着。还有一次我们复活节放假去荷兰旅游,把菲利普留在巴黎复习。"我不希望你考试考砸了。"他满脸愤恨地说:"你们就不要带我去,我才不想去呢,我反正一页书也不看!"后来,他的成绩好起来了,我们的关系也融洽了。这样的融洽正在被这个伊莱纳毁掉。她又一次把菲利普从我这里抢走了。我不愿意当着她的面发火,我忍住了。

"那么,你想干什么?"

伊莱纳正要说,菲利普拦住了她。

"伊莱纳的爸爸给我找到了好几种选择。"

"哪一类的?做生意吗?"

"还不清楚。"

"你旅行结婚之前就和他谈过了,为什么不早一点跟我们说?"

"我想先琢磨琢磨。"

我心中的怒火一下子烧了起来,他有了离开大学的念头时竟然不和我商量,这简直是不可原谅的。

"我早就知道你们要责备我,"菲利普说,神色很不快。

他的眼睛蒙上了一层阴郁,我很熟悉他这副样子。

"不是,"安德雷说。"人应该做自己想做的事情。"

"那你呢,你责备我吗?"

"我不认为挣钱是一个崇高的目标。我对你的决定很吃惊。"

"我说过了,不是光为了挣钱。"

"那是为了什么?说清楚一点。"

"说不清楚。我还要再跟我岳父谈谈。不过我只会接受我觉得有兴趣的工作。"

我又跟他谈了一会儿,以最平静的语气,试图让他明白他的博士论文的价值，让他回想他过去的计划和打算。他非常礼貌地回答我的问题，但是我的话没有产生任何效果。没办法了，他不再属于我了，永远不会了。连他的外表也变了：新潮发型，名牌服装，完全是巴黎十六区的富人风格。我生了他，刻意地培养了他。可今天我却像是个陌生人，只能远远地观看他的生活。这恐怕是天下所有母亲的共同命运，但谁能心甘情愿地接受这样的命运呢？

安德雷送他们到电梯口，我呆呆地坐在沙发上。脑子里又是一片空白……这一整天的好心情，这种充实的感觉，其实就是因为菲利普要回来，回来一起吃饭。我每次等待他的时候，好像觉得他只要回来就再也不会离开，但他总是会离开。我与他之间的隔阂远比我设想的深。我再不可能指导他的工作，我们再不会关注同样的事情。难道金钱对他来说就如此重要？或者他只是在向妻子让步？他真的很爱她吗？不知道他们两个人在床上是什么样的。大概她在外表上能满足他虚荣心的同时，也懂得怎样给予他肉体的满足；我想象得出，外表风雅的她完全能够成为床上的荡妇。两性相悦在夫妻生活中的位置很重要，但我常常轻视这一点。对我来说性爱已经不存在了。我一直认为没有性爱意味着超脱；忽然我明白了，这不是超脱，而是缺陷，是一种感觉功能的丧失；这使我看不到拥有性爱的人的需要，他们的苦恼和快乐。我似乎对菲利普一点也不了解了。我只知道，生活中没有他将无比难过！因为有他，我才逐渐接受和适应了自己的年纪。他把我引进他年轻人的世界。他带我去看勒芒二十四小时耐力赛车，看视觉艺术展，甚至参加了一次大型表演集会。只要他在，我们家里的空气就是活跃新鲜的。这个家没有他，就寂静无声，日子一天天流逝，不会再有突如其来的任何事情，我会习惯这样的生活吗？

我问安德雷：

"刚才你怎么不帮我劝劝菲利普？你一开始就让步了。要是我们两人一起，没准能说服他。"

"我们应该给人自由。他从来没有真正对教书感兴趣。"

"可是他对他的博士论文很有热情。"

"有一定的热情，但他心里没底。我理解他。"

"你谁都理解。"

以前安德雷对待别人和对待自己一样严格。现在，他的政治观点没有放松，但在生活中除了对他自己严要求以外，对谁都特别宽容：他原谅人，替人解释，接受任何人。有时候我都觉得无法容忍。我接着说：

"你认为挣钱能作为人生的唯一目标吗？"

"我不太清楚咱们的人生目标是什么，也说不上是不是还缺别的东西。"

他是真的这么想，还是想激怒我寻开心？他有时看到我过于坚持原则会这么做。正常情况下，我就由着他拿我开心，并不当真。可是这一次我没有心思开玩笑。我提高了音调：

"要是你觉得别的活法更好，为什么我们一直没有改变我们的活法？"

"因为我们做不到。"

"我们做不到是因为我们选择了适合我们的活法。"

"不是。对我来说，了解事物，发现事物，这是我的癖好，我的疯狂爱好，其中没有什么道德标准。我从来不认为别人应该模仿我。"

我心里倒觉得所有人都应该模仿我们，不过我不想谈论这个问题。我说：

"现在说的不是别人，是菲利普。他会变成一个利欲熏心的人，我把他抚养长大可不是为了这个。"

安德雷边想边说：

"对于一个年轻人，父母太成功是很麻烦的一件事。他担心自己如果沿着父母的脚印走，可能永远比不上他们。他可能更愿意试试别的路。"

"菲利普搞学术一直很对路。"

"那是因为有你帮他，他其实是在你的翅膀底下。老实说，没有你帮助的话，他不会达到今天的这个水平，这一点他自己非常清楚。"

我和安德雷在菲利普的教育问题上一直有很大的分歧。或者是因为菲利普选择了文科而不是理科，让他很失望；或者可以归结到心理学上父与子之间的对立情结，他总觉得菲利普是个庸才，这样的想法必然把菲利普引向平庸之路。

"我知道，"我说。"你一直对他没有信心。如果说他不自信，那就是因为他从你的眼中看出你对他缺乏信心。"

"就算是吧。"安德雷摆出让步的姿态。

"总的说来，主要的责任在伊莱纳。是她推着他。她就想让她丈夫多挣钱，而且离得我越远她越高兴。"

"行了！别玩恶婆婆那一套。伊莱纳还算不错。"

"还不错？她说的话多么难听。"

"个别情况啦。有时候她挺精的。我看她这人还是蛮聪明的，只是时不时感情上有点不平衡。再说，如果她只看重钱的话，她也不会嫁给菲利普这样没钱的人。"

"她看出来菲利普有能力挣钱。"

"不管怎么说，她选择的是菲利普，而不是什么纨绔子弟。"

"你要是觉得她好，那就好呗。"

"爱屋及乌吧，既然菲利普爱她。"

"这倒也是。可伊莱纳真让我灰心丧气。"

"你得看她是从什么家庭环境出来的。"

"她根本就没有出来，问题就在这儿。"

我年轻时候最厌恶的是无所事事、卖弄风雅的贵族子弟，现在我觉得这些兜里装满票子、到处呼风唤雨的产业阶层更令人作呕。

我们两人沉默了一阵。我看着窗外，霓虹灯招牌从红变绿，店铺橱窗闪闪发光。美好的夜晚。我真想下楼和菲利普到快要关门的露天酒吧去喝一杯……没有必要叫安德雷陪我出去了，他已经开始打瞌睡了。我说：

"我不明白为什么菲利普要娶她？"

"嗨！这种事情，我们局外人，是永远弄不懂的。"

他一副无所谓的样子。他低垂着脸，一个指头按着牙床位置的脸颊，最近他经常做这个动作。

"你牙疼吗？"

"没有。"

"那你怎么老按着牙床？"

"我看看这地方疼不疼。"

去年，他差不多每隔十分钟就数一次脉搏。那时候他确实血压有一点高，但吃药以后一直稳定在一百七十左右，对于我们这个年纪是很正常的。他的手指继续按着脸，眼睛愣愣的，完全是一副老朽的表情，我似乎不得不相信他就是个老朽了。猛地一下子，我觉得很恐怖："菲利普走掉了，我今后就只能天天跟这个老朽在一起了！"我真想大喊一声："不，我不愿意！"他像是听见一样，对我笑了笑，然后又恢复了原样，我们便起身去睡了。

他还在睡，我要去叫醒他，然后一起喝浓浓的中国茶。但今天早晨似乎与往日不同。我必须提醒自己已经失去了菲利普。我早就应该清楚这一点。其实在他向我宣布结婚的时刻，就意味着他离我而去了；在他还是婴儿的时候，我差点被一个奶妈取代。我一直都在想象什么？因为他总是要求很多，我就认为他离不了我。因为他很容易受我的影响，我就以为他是我自己的翻版。今年，我看到他在伊莱纳面前，以及在伊莱纳父母面前的表现都跟在家里很不一样，我就认为他是在做戏，而只有在我面前的他才是真实的他。但他却选择了离开我，打破我与他之间的默契，拒绝我处心积虑为他设计的前程。他就要成为一个陌生人了。

算了！安德雷常说我是盲目乐观的人，也许我正在自寻烦恼呢。我并不是认为大学之外都一无是处，也不是说博士学位是人生的必经之路。菲利普说了，他只接受有兴趣的工作……可是我不相信伊莱纳的父亲能给他找到什么有意思的工作。我不相信菲利普。他以前就时常不告诉我实情，甚至说谎，我了解他的缺点，从来没有因此责怪过他，他的缺点对我来说，甚至就像身体缺陷一样，叫人心软。但是这一次他迟迟没有告诉我他的打算，让我很气愤。既气愤又焦虑。以前每次惹我生气之后，他都知道怎样给我消气，可这一次他恐怕很难平息我的怒火了。

安德雷怎么还没有到？我伏案工作了整整四个小时，头很沉，我在沙发上躺下来。三天了，菲利普没有任何消息；他通常是不会这样的，尤其是在他觉得我着实伤心的时候，总会不停地打电话或写不少信来。所以这一次我感到特别意外。我不明白，我心里像挂了铅，我的痛楚已经无法遮掩，整个世界似乎都暗淡下来了。安德雷，他的脸一天比一天阴沉。瓦特蓝本来是他目前唯一还愿意见的朋友，可就因为我请此人来午餐，他跟我翻了脸，他说："他让我心烦。"所有的人都让他心烦。那我呢？很久很久以前，他对我说过："从拥有你的那一天起，我就永远都不会难过了。"可他现在似乎并不幸福。他不像过去那样爱我了。今天，对他来讲，什么叫爱？他不能离开我，就像不能改变老习惯一样，但我已经无法让他快乐。这么说或许有些过分，可我确实认为他有错：是他采取了这种一切无所谓的态度。

有钥匙开门的声音。他进来后吻了我一下，心事重重的样子。

"我回来晚了。"

"有点儿晚。"

"主要是因为菲利普到学校找我来了。我们就在咖啡馆坐了一会儿。"

"你为什么不把他带回来？"

"他想单独跟我谈谈。然后让我告诉你他的想法。"

"什么想法？"

（他要去国外，很远的地方，去很久很久吗？）

"你肯定不会高兴。他那天晚上没敢跟我们说，但事情已经定下来了。他岳父给他找到了工作。在文化部的一份工作。对于他的年龄，这个位置是很有前途的，他这么告诉我。不过你明白这意味着什么。"

"这怎么可以！菲利普他！"

这根本不行。他的政治观点是和我们相同的。在阿尔及利亚战争期间他冒了很大风险（这场战争把我们都搞垮了，但现在给人感觉好像从来没有发生过似的）；他参加反对戴高乐的游行，曾经遭到棒击；他在上一次选举的时候跟我们投了同样的票……

"他说他在变化。他现在认为，法国左派否定一切的做法根本不会取得成效，觉得左派已经完了，可他还想拼搏，还想有所作为，去行动，去建设。"

"这全是伊莱纳的话。"

"这可是菲利普跟我说的，"安德雷严肃地说。

忽然我清醒过来。我愤怒至极。

"那怎么了？这是个机会主义分子！他会见风使舵，背信弃义！我希望你骂了他。"

"我对他说我不同意他的想法。"

"你没有试试劝他回头吗？"

"我当然试了。我跟他争论了。"

"争论！你应该恐吓他，跟他说我们不愿再见到他。你肯定太软弱了，我早就知道。"

猛然间，我这几个月来的疑惑、不解，全涌进脑海，我都明白了。为什么他交过的所有女朋友都是穿着讲究、矫揉造作的富家女？为什么他选择了伊莱纳，还搞了一场盛大的宗教婚礼？为什么他对岳父、岳母如此毕恭毕敬、趋炎附势？他逐渐在这个圈子里显得挥洒自如。我一直不愿多想，连安德雷偶尔批评他的时候，我还尽量维护他。我原来对他执著的信任现在全转化成了恨。菲利普的面目一下子完全变了。他是投机分子，是阴谋家。

"我得跟他说话。"

我向电话机走去。安德雷拦住了我：

"你先冷静一下。吵架不会解决问题的。"

"能让我发泄发泄。"

"别这样。"

"让我过去。"

我拨了菲利普的号码。

"你爸爸告诉我,你要到文化部部长办公室去上班了。祝贺你啦。"

"唉!求你了,"他说,"别用这种口气。"

"那用什么口气?我其实应该高兴,你连当面跟我说的勇气都没有,证明你还懂得羞耻。"

"我一点儿也没感到羞耻。我有权利修正我的政治观点。"

"修正!半年前你还猛烈抨击过现政府的文化政策。"

"那怎么了!就是因为这个!我要试着改变那些政策。"

"行了吧!你什么资格都没有,你很清楚。你会乖乖地服从,准备将来顺利地晋升。你只想当官,还想什么……"

我不知道我还说了什么,他大声喊叫:"不要说了,不要说了。"我仍接着说,他打断我的话,他的声音变得恶狠狠的,他愤愤地对我说:

"我就是不想跟你们这些顽固迂腐的老正经走一条路。"

"够了。我活着再也不想见到你!"

我挂了电话,坐下来,汗流满面,浑身颤抖,两腿像断了一样无力。我们俩以前也有过激烈争吵的时候,但这一次是最决断的:我永远不会再见他了。他的行为让我恶心,他的言语也刺痛了我,更何况他是有心伤害我的。

"他辱骂了我们。他说我们是顽固迂腐的老正经。我再也不见他了,我希望你也不要再见他。"

"你也骂得很厉害。你不该这么激动。"

"为什么?他根本不顾及我们的感情,升官发财对他来说比我们更重要,他宁肯跟我们断绝关系……"

"他没打算跟我们断绝关系。再说,这不可能,我不同意。"

"我反正已经决定了,菲利普和我脱离一切关系。"

我不再说话，因为愤怒，我的全身仍旧在颤抖。

"有一段时间了，菲利普的举动一直很怪，"安德雷说。"你好像不愿意承认，可我看得很清楚。不过我没想到他会发展到今天这个地步。"

"他是个可耻的野心家。"

"是的，"安德雷为难地说。"可是为什么？"

"什么为什么？"

"那天我们不是说过：我们一定有责任。"安德雷犹豫地说，"野心，恐怕是你灌输给他的，他本身原来是无所谓的。我呢，可能培养了他的反叛心理。"

"全是伊莱纳的错，"我大声说。"如果他没有和她结婚，如果他没有进到这个圈子里，他是不可能为右派政府工作的。"

"可他跟她结婚，部分也是因为这个圈子要求他如此。其实他早就跟我们的观点分道扬镳了。我能理解他……"

"你不要替他说话了。"

"我只是在分析。"

"你怎么分析都不会说服我。我不会再见他了。我不希望你再见他。"

"你不要搞错了。我责怪他，非常责怪他。但我还是要见他的，你也一样。"

"不行。如果你不站在我这一边，就凭他电话里讲的那些话，我会记恨你一辈子。别再跟我提他了。"

但是我们也不可能谈其他事情。我们沉默着，草草吃了晚饭，然后各自拿了一本书。我恨伊莱纳，恨安德雷，恨世界上所有的人。"我们一定有责任。"呵！这时候分析原因、寻找理由还有什么用！"顽固迂腐的老正经，"这是他亲口冲我喊的。我本来以为他深爱我们，深爱我；可事实上我分文不值，是可以让旧货店处理的破烂；那我就远远躲开他。一整夜，我心头的恨压得我无法喘息。早上，安德雷一走，我走进菲利普的房间，把旧报纸、旧稿纸全撕碎，扔掉；我把他的书装到一个箱子里，把衣服和其他东西装到另一个箱子里。看着空荡荡的房间，我的眼泪涌了出来。许多美好的回忆浮现在眼前。我咬咬牙。他离我而去，背叛了我，辱骂了我。我永远不能原谅他。

我们两天没有提到菲利普。第三天早晨，看信的时候，我对安德雷说：

"菲利普的信。"

"估计他道歉来了。"

"白费心思。我不看他的信。"

"哎！还是看看吧。你又不是不知道，他主动认错很不容易了。领个情啦。"

"不行。"

我把信装进一个新信封，写上菲利普的地址。

"麻烦你投到信筒里，好吗？"

我过去总是一看到他的笑容，一读到他动人的句子，就向他让步。这一次绝对不能。

又过了两天，中午刚过，伊莱纳按响了门铃。

"我只跟您谈五分钟。"

一条款式简单的连衣裙，露着手臂，头发披在肩上：她一副清纯少女的样子，还显得有点羞怯。我从来没见过她这个形象。我让她进来。她当然是来给菲利普说情的。收到我退回的信，他很受打击。他后悔在电话里说出的话，那并不是他的真心话，但我应该了解，他很容易冲动，冲动的时候就说胡话，根本不能放在心上。他一定要跟我当面解释。

"那他自己怎么不来?"

"他怕您不给他开门。"

"我肯定不会给他开门。我不想再见他。就这样。没什么可说的了。"

她接着说。他不能忍受和我这样闹翻,他没有想到我会这么在意。

"那就是说他变成白痴了,让他见鬼去吧!"

"您怎么就不明白呢?我爸爸为他费了很大心思,他这么年轻就能得到这样的位置,是非常难得的。您总不能让他为了您牺牲他的前途吧。"

"他本来可以有他的前途,用不着背弃自己的观点。"

"对不起,应该说:背弃您的观点。他的观点已经变了。"

"他会变的,谁不知道这个,他的观点会随着他的利益走。现在,他只想着事业有成,甚至不择手段。他否定了他自己,并且他清楚这一点,所以我很失望。"我激动地说。

伊莱纳的话让我大吃一惊:

"我想您这一生一定是模范的一生,所以您就认为您可以用很高的标准去评判别人。"

我身体僵直起来:

"我一直尽量做一个正直的人。我也想让菲利普做一个正直的人。叫我难过的是,你阻止他成为一个正直的人。"

她大笑起来:

"不知道的还以为他变成小偷,或是造假币的了。"

"反正从他一贯的人生信条来看,他目前的选择并不光荣。"

伊莱纳站起身:

"这简直太可笑了，这种不近情理的态度，"她慢慢地说，"他父亲其实政治上比您更激进，但他并没有和菲利普断绝关系。可您……"

我打断她的话：

"他没有断绝关系……你是说他们俩又见面了？"

"我不知道，"她大声说。"我只知道菲利普告诉他的时候，他没有提到断绝关系的问题。"

"这是那次打电话之前。后来呢？"

"我不知道。"

"你不知道菲利普见什么人，不见什么人？"

她冷冷地说：

"不知道。"

"就算这样吧。无关紧要。"我说。

我把她送到门口。我重新把她和我的最后几句话过了一遍。她为什么不说了，是故意的，还是没有把握好？无论如何，我已经知道了，差不多肯定了。这件事还不至于使我怒火中烧，但足以让我充满焦虑。

安德雷一到，我就开炮了：

"你为什么不告诉我，你又跟菲利普见面了？"

"谁说的？"

"伊莱纳。她今天来过，问我为什么不见菲利普，而你却见了他。"

"我跟你说过，我是会见他的。"

"我也跟你说过我会恨你一辈子。是你让他给我写信的。"

"不是。"

"当然是。你在看我的戏。还说什么'他主动认错很不容易'。是你搞的，偷偷搞的。"

"和你相比，他确实是采取主动了。"

"都是你推的。你们合起来算计我。你们把我当成小孩子，当成一个病人。你怎么能这样！"

突然间我的脑袋里像是冒起了红烟，眼前是一片红色的雾，喉咙里似乎有一种红色的东西在叫喊。我跟菲利普发火是常有的事。而安德雷，在偶然、极偶然的情况下，我跟他生气的时候，我总是感觉像被龙卷风带到了几千公里之外，感到自己处在一种既灼热又冰冷的孤独之中。

"你从来没有对我说过谎话！这是第一次。"

"就算我错了。"

"见菲利普是错，跟他还有伊莱纳合在一起对付我是错，骗我，不说实话也是错。你是错上加错。"

"听我说……你能冷静下来听我说吗？"

"不能。我不想再和你说话了，我也不想再看见你，我需要自己清静一会儿，我要出去透透气。"

"去吧，尽量冷静冷静，"他干巴巴地说。

我走到街上，每次在我恐惧、愤怒或是怀旧的时候我总是这样走。只是今天的我不是二十岁的我，也不是五十岁的我了，我很快就觉得疲惫起来。我走进一家咖啡馆，要了一杯葡萄酒，日光灯刺得我眼睛很疼。菲利普，已经是过去了。他结了婚，选择了别的路。我只有安德雷，然而实际上我并不拥有他。我以为我们互相之间是透明的，我以为我们两人像连体兄弟一样不可分割。可他却背弃了我，骗了我，此时此刻我只能孤零零地坐在咖啡馆里。一想到他的面容、他的声音，我的怨恨就吞噬了我。就好像人得了某种病，每呼进一口气都让你痛苦万分，可你却不得不继续呼吸。

我出了咖啡馆,接着在街上走。还能怎么样?我无奈地对自己说。我们总不能离婚的。就这样肩并肩地各自生活吧。我要收起我的怨言,但我不能忘记这件事情。我的愤怒不会轻易烟消云散。

回到家,我看见桌子上有一张字条:"我去看电影了。"我推开卧室的门。安德雷的睡衣堆在床上,他当拖鞋用的低帮便鞋在地上,床头柜上有他的烟斗、一包烟草和降压药。突然间我有一种非常异样的感觉,似乎他因为生病离家,或是被流放到很远的地方去了,而我只有他的这些物件为伴。我的眼泪涌上来。我吃了一片安眠药,睡下了。

早上醒来的时候,我看见安德雷蜷身躺着,一只手抵着墙。我转过头去。我不想理他。我的心是冰冷的,没有一点热情。我对他的拖鞋和烟斗也不再有任何感觉,总之这些东西不再让我想到一个远离的亲人,而只是提示我,在同一屋檐下,我身边住着一个陌生人。我的怒火本来因爱而生,可现在把爱烧掉了。

我没有跟他说话。他在书房喝茶的时候,我待在卧室里。出门的时候,他叫了我一声,问我:

"你不想跟我谈谈吗?"

"不想。"

没什么可谈的。面对我的愤怒、痛苦和僵死的心,话语不会产生任何作用。

整整一天,我在想安德雷,时不时地脑子里会有一点波动。就好像人在头被重重地击了一下的时候,视觉出现混乱,会看到两个画面,有高有低,却分辨不出谁高谁低。我眼前出现的是过去的安德雷,相比现在的安德雷,形象相差极大。似乎什么地方出了错:那不是他,也不是我,故事像是发生在别处。不然,我们的过去就只是虚幻的海市蜃楼,我对安德雷的认识完全是错误的。头脑逐渐清醒以后，我对自己说，我没有错，问题在于安德雷变了。老了。他对什么都不在意了。如果是从前，他决不会容忍菲利普的表现，而现在他仅仅说两句而已。过去的他也不会背着我算计，不会跟我说谎。他的道德观念也逐渐松懈了。他还会继续往下坡路走吗？这种越来越无所谓的态度，我不能接受。有人说这叫做大度、明智，但其实这是死亡在向你逼近。不行，现在还不行。

这一天我读到了第一篇关于我的书的批评文章。朗吉埃认为我啰唆冗长，言之无物。他是个老蠢材，一直厌恶我，我不应该在意他的言论。可是因为我心情不好，这使我更加气恼。我真想跟安德雷说说，但首先得与他和解，我又不愿与他和解。

"我们实验室关门了，"他晚上回来时微笑着对我说。"咱们可以去南部，去意大利，你想什么时候出发我们就出发。"

"我们说好这个月留在巴黎的。"我干巴巴地说。

"我还以为你可能改主意了。"

"我没有。"

安德雷神色暗下来：

"你打算一直这么别扭下去吗？"

"可能吧。"

"那就是你的不对了。简直是小题大做。"

"我跟你衡量问题的尺度不一样。"

"无稽之谈。你一直都不懂这个道理。你总是把真相掩盖起来，盲目乐观自信，有一天你发现自己错了，就全线崩溃，或者与人为敌。这一次，问题的根本原因是你原来高估了菲利普，现在弄得你大失所望，然后又向我出击。"

"可你一直低估了他。"

"没有。我只是对他的能力和性格不存在过多的幻想。即便如此，我还是高估了他。"

"培养孩子，跟你在实验室里做实验不同。家长怎么影响他，他就会怎么发展。你一直觉得他成不了材，他就有了今天。"

"你老是觉得他能成材。那也不是不行。可失败的时候，你也得接受现实。但你就是不愿意，你到处找替罪羊，整天发火，觉得谁都有罪，唯独不承认你自己的错误。"

"信任别人怎么是错误？"

"嗨，算了，反正有一天你会明白自己错了。"

我知道。我年轻的时候，别人总是说我做错了，这使我对"错误"这个词心有余悸，尤其不愿对自己进行批评。不过我现在可不想做什么检讨。我拿起一瓶威士忌：

"简直不可思议！你倒成有理的了！"

我倒了一杯威士忌，一饮而尽。安德雷的脸和声音；现在的他，过去的他，被我爱、又被我恨的他，所有交织错乱的画面都从我的脑中滑到身体里；我的神经和肌肉都拧在一起。

"你一开始就拒绝冷静地和大家讨论。你一直激动得发抖……怎么，现在你要借酒浇愁啦？你太荒唐了。"他看见我又倒了一杯时说。

"我想喝多少就喝多少。你管不着，你躲远一点。"

我端着酒瓶走进卧室。我拿起一本侦探小说躺到床上，一页也看不进去。菲利普。现在我的气都在安德雷身上，菲利普似乎不是那么可恨了。忽然间，我恍惚看到菲利普的笑容，温柔至极的笑容。我高估了他？没有。我对他的弱点了如指掌：要是没有这些弱点，我也用不着这么费力去帮他。如果他没有做错事，他也用不着笑得如此甜蜜，求我原谅。我们多少次闹翻、和解、哭泣、拥抱。可那些都是鸡毛蒜皮的小事了。今天不同了。我又吞下去一大杯威士忌,四周的墙壁都旋转起来,我睡着了。

光线似乎穿透了我的眼皮,但我没有睁开眼睛。我的头很沉,我心痛欲死。我记不起我的梦魇了,只记得周围漆黑一片,我好像陷在泥沼里,无法脱身。我睁开眼睛,安德雷坐在床边的椅子上,他微笑着看着我说:

"亲爱的,咱们别这么闹了。"

还是他,跟过去一样的他,我认出来了。可我的胸中还有这道壁垒。我的嘴唇颤抖着。我到底是继续跟他较劲,彻底陷入孤独黑暗的泥潭呢,还是抓住他伸出的手?他说话的声调和缓、平静,正是我喜欢的那样。他承认自己有错,但他去找菲利普是为了我。他知道我们两人都很痛苦,才决定快速进行干预,以免事情恶化。

"你平常是个乐天派,你不想想现在变成这个样子让我多难过!我理解你当时怨恨我的理由。可是,别忘了我们对于彼此意味着什么,你不能无休止地对我心存恨意。"

我淡淡地笑了,他靠近我,用一只胳膊揽住我的肩膀,我倚在他肩上,悄悄地哭了。温热的泪流过我的脸颊,我感到轻松了许多!憎恨一个自己所爱的人,实在太累人了。

"我明白为什么我对你说了谎,"过了一会儿他说道,"因为我老了。如果告诉你真相,我知道你一定会大发雷霆,这要放在过去也拦不住我;可现在,我想到吵架就觉得累。我就选择了省事的法子。"

"你的意思是以后还会经常说谎?"

"不、不,我保证。而且我也不打算常见菲利普,跟他有点话不投机。"

"你说吵架累,可昨天晚上你骂我骂得很凶。"

"我受不了你跟我闹别扭,还不如吵一架呢。"

我笑了：

"大概你是对的。咱们是得和解了。"

他搂住我：

"咱们和解了，真的吗？你不生我的气了？"

"不生气了。现在结束了。"

风雨结束了，我们重归于好。但我们是不是向对方一无保留？我肯定不是。某些东西还在我心里没有说出来：安德雷那种人老服老的态度。我不想现在跟他说，等完全烟消雾散的时候再说。那他呢？他还想了什么？他称我是自愿乐观主义者，他真的对此很不接受吗？我们之间这场暴风雨持续时间太短，不足以使我们的关系发生变化；可是，这难道不是一种迹象，证明从某个时候起，有些东西已经悄无声息地发生了变化？

我们的车在高速公路上飞驰，时速达到一百四十公里，我仍然在想，有些东西已经变了。我坐在安德雷旁边，我们的眼睛看到的是同样的道路，同样的天空，然而我们之间似乎有一层无形的、无法触摸的隔膜。他感觉到了吗？很有可能。他之所以提议出来兜风，其实是希望我们借此找回从前的感觉，从而拉近我们之间的距离；然而这次出游则以前不一样，首先就在于他本人没有任何游兴。我其实应该对他的一片苦心表示感激，可惜看到他这副无所谓的样子，我很是不快。我早就预想到会是这样，但我无法拒绝他的提议，不然他一定认为我没有诚意。我们俩究竟怎么了？我们这一生中吵过很多架，但都是因为一些重要的事情，比方说对于菲利普的教育问题。我们分歧严重，每次在大动干戈之后很快能和好如初。可这一次，本来只是一点无事生非的别扭，正是因为没有实实在在的理由,这次争端几天之内都没有消除。不过以前的我们能够在床上激情澎湃地和解;在欲望和快感中,怨恨总会消失殆尽,我们重新找回快乐和理解。今天的我们是做不到了。

我看到了指示牌,眨了眨眼睛。

"什么?已经到米伊了?这才走了二十分钟。"

"我开得快呀,"安德雷说。

米伊。当年妈妈带我们去看外婆的时候,算是出远门了。当时这里全是田野,一望无际的麦田,我们总喜欢在田边采野花。这个遥远的小村庄如今近在咫尺,比巴尔扎克时代去讷伊或奥特伊还要快。

安德雷找不到停车的地方,因为今天有集市,到处是汽车和行人。我认出了过去的菜市场、金狮旅馆,还有不少老房子。只是货摊上的东西与当年完全不一样了:塑料制品、玩具、针织品、罐头、香水、首饰等等,这是两家超市露天摆出的商品。广场上也有一个不小的书店,书籍和杂志的封皮透过玻璃橱窗闪闪发亮。外婆的房子过去在镇子的外边,现在那里盖起了一座五层楼,被划在了市镇之内。

"你想坐下喝点什么吗?"

"哦,算了!"我说。这再也不是我心中的米伊了。

说穿了,一切都不是从前那样了:米伊如此,菲利普如此,安德雷也如此。那我呢?

"二十分钟就到米伊,简直是奇迹。"我们又上车的时候,我说道,"可惜这已经不是米伊了。"

"就是。世界变化,既有它神奇的一面,也有它令人遗憾的一面。"

我想了想说:

"你又要笑话我的乐观主义了：我觉得还是奇迹的一面更明显。"

"我也觉得。其实人在变老的时候，令人遗憾的不是事物，而是他自己。"

"我不认为。有失必有得。"

"我们失去的还是比得到的多得多。说实话，我不知道我们得到的是什么。你能给我讲讲吗？"

"想到自己走过很长的路，令人欣慰。"

"你认为你走过吗？我不觉得。你说说。"

"这条长路确实在我身后。它给今天作了铺垫。"

"就算是吧。还有什么？"

"从思想上，人对问题看得更深；人遗忘了不少，的确，但遗忘的东西在某种意义上，也是属于我们的东西。"

"也许在你们这个学科是这样。现在对于不是我专业方面的事情，我一天比一天无知。比方说要想了解一点量子力学的知识，我非得再回到大学里，像学生一样正经学习才行。"

"谁也不拦着你。"

"我可能真的要去。"

"真有意思，"我说，"咱们在所有问题上都一致，唯独这一点：我看不出人老了能失去什么。"

他笑了：

"青春呗。"

"这本身不能算是一种财产。"

"意大利语的青春这个词特别美：stamina。就是活力，是火苗，可以让人去爱，去创造。当你没有了它，你就失去了一切。"

他说话的口气很真诚，我没敢说他假意迎合我。但我感觉到他心里还有其他东西在作梗,而我不知道是什么,我也不想知道,是让我害怕的东西。大概就是这个东西分隔了我们。

"我永远不相信你的创造力已经衰竭,"我说。

"巴什拉有这样一句话:'伟大的学者在前半生对科学有益,而在后半生对科学有害。'人家把我当做学者。我目前能做到的,就是尽量少做有害的事。"

我没有回答。不管对错,他的确是这么想的,我说别的也没有意义。我明白我的乐观主义经常让他恼火,而且对他的问题无济于事。那又怎么办呢?我也不能替他面对困难。我还是不说为好。我们静静地开到了尚波。

"这个大殿真是漂亮,"我们走进教堂时安德雷说。"跟桑斯大教堂有点像,但比例更协调一些。"

"确实很美。我倒记不清桑斯大教堂了。"

"那里也是这种大小石柱交替支撑的大殿。"

"你的记性太好了!"

我们仔细观察了教堂的大殿、唱诗台和十字形耳堂。不是因为我看过了雅典卫城,就觉得这个教堂不那么漂亮了,而是我今天的心境与当年我们开着老爷车走遍法兰西岛每个角落时的心境完全不同了。我们两人都有点心不在焉。那些雕饰柱头、过去曾让我们觉得极为有趣的那些祷告席垫板真的都引不起我的兴趣了。

走出教堂,安德雷问我:

"你说'金鳟鱼'还在吗?"

"去看看。"

那是从前我们非常喜欢的一个小馆子,就在河边,饭菜简单可口。我们上次来是银婚纪念日的时候,后来就再也没有来过这里。小镇静悄悄的,还是小石板路,没有什么变化。我们把主要的街道来回走了一遍，"金鳟鱼"不在了。我们在森林里的一家餐馆吃了饭，很失望，可能是因为没有过去的感觉了。

"那现在干什么去？"我说。

"咱们不是说过子爵堡和布兰迪塔吗？"

"你真的想去？"

"去吧！"

他无所谓，那我也无所谓，不过谁都不敢说。我们的车行驶在充满树叶气息的小路上，他到底在想什么？想他荒漠的未来？我不能跟他去那样的荒漠。我感到身边的他很孤独。我也如此。菲利普好几次想跟我通话。我一听出他的声音就挂机。我问过自己。是不是对他要求太高了？安德雷对他是不是太纵容了？是不是这两种截然不同的态度使他成了现在这样？我真想再跟安德雷谈谈，可又怕引起一场争吵。

子爵堡，然后是布兰迪塔，我们的游览计划全部完成。我们不停地说着："我记得很清楚，我记不起来了，这城堡太漂亮了……"可总的说来，这样毫无目的地看，根本没有意思。我看到的只是堆在一起的一块块石头。

这一天出游并没有拉近我们俩的距离，在回巴黎的路上，我感觉到我们两人都很失望，互相之间遥不可及。我觉得我们之间似乎已无话可说。看来杂志上大谈特谈的沟通问题确实存在了。正像我生气时预感到的，难道我们今后真的就要孤独、沉默地各行其路了吗？或者说我本来就一直是孤独而沉默的，只不过自己一直在骗自己？"得做些努力，"晚上躺下以后我对自己说。"明天早晨我要跟他好好谈谈，谈得尽量深入一些。"我们的这次矛盾之所以没有真正解决，就是因为它停留在问题的表面。现在要去找根本。尤其不能避开菲利普这个话题。一个事情上打了结，我俩的谈话就不可能继续。

我倒了茶,正寻找合适的句子开口跟他谈,安德雷说:

"你猜我有什么想法?马上就出发去南部老家。我在那边会比在巴黎放松。"

这就是他对昨天下的结论:不是想办法靠近,而是逃走!他独自去他母亲那里住几天并不是没有过的事,主要是因为孝顺。可现在他是想避开和我正面交锋的机会。我的心被深深地刺痛了。

"好主意,"我干巴巴地说。"你母亲肯定高兴。去吧。"

他问了我一句:

"你不想去吗?"

"你又不是不知道我不打算这么早走。我还是执行原计划。"

"那随你了。"

无论如何我一定是不会走的。我打算再写点东西,而且我也想看看我的新书反响怎样,再和朋友们谈谈。但我发现他并不试图劝我与他一起走,这让我很恼火。我冷冰冰地问:

"你想什么时候出发?"

"不知道,很快吧。我现在啥事儿也没有。"

"很快,是什么时候?明天,后天?"

"那就明天一早。"

也就是说我们会有两星期不在一起,过去他从来没有离开我这么长时间,最多四五天。我这阵子这么讨厌吗?那他应该先跟我谈谈再走。他平时不是这种躲避的风格。看来还是同一个原因:他老了。我愤愤地想:"他赶紧上别处安享晚年去吧。"我当然不会说一个挽留他的字。

我们商量以后,决定他开车走。他去车行检修了汽车,去买了些东西,还打了几个电话跟同事告别。我一天基本没有见到他。第二天他上车时，我们互相吻了脸，笑了笑。我回到书房，张口结舌。我好像觉得安德雷在惩罚我。不对，他其实只是想躲开我。

过了一会儿，我感觉轻松了。两个人在一起总是需要做很多决定。"几点吃饭？你想吃什么？"事先都要准备。一个人就简单了，不用做什么准备。我起床很迟，常常躺在温热的被单下，回忆梦里的枝节片断。我一边喝茶一边看信，还哼唱："没有你……没有你……没有你我照样过得好。"工作累了，我就出去闲逛。

这样舒服地过了三天。第四天下午，有人急促地按门铃。只有一个人这么按。我的心狂跳起来。我问了一句：

"是谁？"

"开门！"菲利普叫道。"不然我就这么一直按铃。"

我打开门，他的胳膊立刻抱住了我，还把头靠在我的肩上。

"亲爱的、可爱的妈妈，求你了，别这么恨我了。跟你这样僵着，我的日子怎么过呢？求你了。我真的很爱你。"

他这种恳求的声音以前总是让我的怨恨立即消融。我让他走进书房。他爱我，这一点我并不怀疑。但其他的事情就不重要了吗？我差点像很久以前那样称呼他："小宝贝"，这个词到嘴边被我咽了下去。他不再是小孩子了。

"别想这么叫我心软，太晚了。你把事情都做绝了。"

"听我说，我可能有错，我或许不该这么做，我也不知道，我现在为此天天睡不好觉。但是我不想失去你，你就可怜一下我吧，我真的很难过。"

他的眼睛里闪着孩子气的泪花。可他不是个孩子了。他是个男人，是伊莱纳的丈夫，是个年轻的绅士。

"那也太便宜你了，"我说。"你明明知道自己在制造我们之间的鸿沟，可还是悄悄地策划了你的行动。现在你又想让我微笑着接受，一切恢复原样，这怎么可能！"

"你简直太狠了、太专制了。人家很多父母和子女政治观点不同，但感情都不受影响。"

"我们家不是政治观点不同的问题。你就是见利忘义，有利益你就改变立场。这太可耻了。"

"不对！是我的观点变了！你可以说我太容易受影响，可我确实开始从另外的角度来看问题。我发誓是这样。"

"那你怎么不早点告诉我！你不该背着我搞把戏，然后把既成事实摆到我面前。对这一点我永远不能原谅。"

"我没敢。你看我的那种样子让我害怕。"

"你老是这么说，但这不能作为一个理由。"

"可你以前就原谅我。再原谅我这一次吧。求你了。我真的没法忍受你不理我。"

"我也没办法。是你做的事，现在我看不起你。"

他的眼睛里像是电闪雷鸣，我更愿意看见他这个样子。他的愤怒更容易支撑我的愤怒。

"你说话太伤人了。我从来没有想过应不应该看得起你的问题。你即便做了蠢事，我也会照样爱你。可是对于你，我必须去赢得你的爱。就是，我一直在竭尽全力，怕配不上你的爱。所有我的愿望——当飞行员、赛车手，或者是记者，还有去冒险的渴望都被你当成耍性子；我全都放弃了，为的是让你高兴。这是第一次我不向你让步，你就翻脸了。"

我打断他的话：

"你不要胡搅蛮缠。你的表现叫我愤怒，所以我不想再见你了。"

"你愤怒是因为我没有顺着你的意思。我总不能一辈子都听你的吧。你就像个暴君。说穿了你根本就没有感情,你只有强迫人的愿望。"他的声音里既有怒火,也有泪水。"那好吧!永别了,你就蔑视我吧,我才不在乎呢!"

他走到门边,摔门而去。我站在门厅里想:他还会回来的。他总是会回来的。到时候我可能会坚持不下去,跟他一起哭泣。过了五分钟,我回到书房坐下,泪水汹涌而出。"我的小宝贝……"成人意味着什么?一个因年龄而膨胀的孩子。我把这些年龄抹去,又找到那个十二岁的孩子,我怎么能恨他呢?但是不对,他就是一个男人。没有理由对他评价时放低标准。我的心肠硬吗?别人真的能够在看不起某人的同时还去爱他吗?什么时候看得起,什么时候看不起?什么时候爱,什么时候不爱?假如他读不下来博士学位,假如他一生平庸,我对他的感情一分也不会少,因为他需要我的爱。假如他不需要我的帮助,但值得我为他骄傲的时候,我也会继续去钟爱他。可现在他既不需要我,我又对他的行为完全否定。我还能拿他怎么办?

忧郁的情绪又向我袭来,再也挥之不去。从这一天起,如果我早晨起床很迟,那是因为我不知道怎么唤醒自己,唤醒世界。我害怕独自一人面对单调的一天。起床后,我有时竟然有重新上床睡到晚上的念头。我投入我的案头工作,几个小时都不休息,中间只喝一点果汁充饥。到傍晚停下来的时候,我头晕目眩,浑身酸痛。我有时会在沙发上沉沉睡去,醒来时又感到一种由衷的惶恐:好像黑夜中我的灵魂出了壳,不知何处附身。或许是因为在我疑惑的眼中,家里熟悉的布置像是变成了噩梦中无底深渊的尽头,闪着虚幻的光芒。我惊奇地盯着自己在欧洲各国旅行时带回来的小纪念品。我的旅行,在空间上已经消失殆尽,在我的记忆中也似乎难觅踪影,可这些玩偶、花瓶、小摆设却真实地存在着。所有的东西都让我着迷。红色的围巾和紫色的靠垫在一起，我好像看到的是倒挂金钟，花瓣像主教的长袍，花蕊低垂着。浅色的牵牛花，单纯的野蔷薇，乱蓬蓬的忍冬，还有白色的水仙像是大睁着眼睛。上一次看到这些花是什么时候？即便它们已经从自然界消失，我恐怕也不会发现。我也看不到池塘里的睡莲、田野里的麦穗。周围的世界似乎已经与我无关了。

停止这些不着边际的臆想，我下楼走到街上，看着天空和四周陈旧的房子。没有任何感触。明月或落日，春天的气息或是沥青的味道，各种光线，不同的季节，从不需要刻意地寻找，我就曾感受过许多闪光的瞬间。往往在不经意的时刻，特别的惊喜就会来临；于是在街头急奔的时刻，走出学校大门的时刻，或是从地铁站出来的时刻，或是在紧张工作中到阳台上深呼吸的时刻，或是在我因为急切想见安德雷而在马路上快走的时刻，我往往会感受到意外的喜悦。可是现在，我在巴黎城中游逛，仔细地探寻，却一无所获。过多的闲暇使我对周围的事物麻木了。下午的烈日透过关闭的百叶窗照进屋来，我便对夏日的景象浮想联翩；可一旦走到阳光下，似乎就被这火辣辣的太阳刺得眼睛什么都看不见了。

我回到家，给安德雷打电话，也许是他打过来的。他母亲的战斗精神越来越强，他又见到了几个老朋友，他每天在周围游逛，还在菜园里劳动。他心情很好，这叫我非常沮丧。我想我们两人之间还是有那层隔膜，打电话丝毫不能拉近我们的距离，反倒加深了距离的感觉。打电话不同于面对面谈话，也不同于写信，因为写信时人可以对自己诉说，可以寻找并且获得真理。我有点想给他写信，可是写什么？我不仅烦恼，而且担忧。我前不久给一些朋友寄去了我新出的书，至今没有任何回音，连玛蒂娜都没有给我写信。安德雷走后的那一个星期，一下子发表了很多评论文章。星期一的文章让我非常失望，星期三的文章让我很恼火，星期四的文章让我深受打击。最激烈的批评认为我写得冗长无物，最温和的认为此书是对我以前著作的总结。没有人发现其中的独特想法。难道是我没有表达清楚吗？我给玛蒂娜打了电话。她对我说，那些批评都很愚蠢，说我不必放在心上。至于她自己的观点，她要等把书全部读完再跟我讲，她可能今天晚上就能读完，明天她要来巴黎。我挂电话以后，觉得嘴里有一种苦涩的味道。玛蒂娜不想在电话里跟我谈，说明她对这本书也不满意。我不明白。通常我对自己的评价总是客观的。

离我们上次在蒙苏里公园见面过了三个星期。这三个星期可以说是我一生中最不顺利的时期。本来想到要见玛蒂娜我应该高兴，可我却焦虑万分，就像当年等待教师资格会考结果一样。短暂寒暄之后，我单刀直入：

"怎么样？你觉得怎么样？"

看得出她精心准备过，她认真地回答了我。这本书是一个非常好的总结，它把一些晦涩的问题解释得很清楚，而且把我过去著作中表述的独特观点进一步做了说明。

"那这本书本身，没有什么新观点吗？"

"这本书的目的并不是宣扬新观点。"

"可这确实是我的目的。"

她慌乱了，我继续问，逼着她说。她认为，这本书提出的分析方法，已经在我过去的研究论著里应用过了，并且也有过细致的解释。没有，这本书没有新的东西。更确切地说，贝利希埃的评论很准确，这正是一部精彩的总结。

"可我的出发点根本不是这样。"

我有点晕头转向，就好像突然有坏消息袭来的时候。所有的评论都是同样的意见,这叫我心灰意冷。可我一直以为,我不可能远离现实到这个地步。

我们一起在公园的餐厅吃了晚饭,我尽量掩饰自己的不快。我居然说了这样的话:

"我估计,人到六十岁以后,就只会重复以前的东西了。"

"怎么可能呢?"

"在画家、音乐家还有哲学家中,历史上有不少人老年以后还有成果;可作家里面,你能找出来吗?"

"雨果。"

"就算一个。还有别人吗?孟德斯鸠花了很多年时间,写完《论法的精神》以后,到五十九岁就停了。"

"肯定还有别人。"

"但你一个都想不起来。"

"好了!您不能这样灰心丧气,"玛蒂娜带着责备的口气说,"作品总有高有低。这次您的想法没有完全实现,下次您一定能补上。"

"正常情况下失败能激励我,可现在不同了。"

"为什么?"

"年龄不饶人。安德雷说学者一到五十岁就完了。恐怕到一定岁数的人都只会原地踏步了。"

"在文学领域,我觉得不会这样。"玛蒂娜说。

"那科学领域呢?"

"那我就不知道了。"

我脑子里闪过安德雷的面孔。他是否已经体会过与我一样的这种失落?只有一次,还是彻底的失落?或是经常性的失落?

"您有不少搞科学的朋友,他们怎么看安德雷?"

"他们说他是大学者。"

"那他们对他的现状怎么看?"

"他们小组非常能干,出了不少重要成果。不过他说所有的新点子都出自年轻的同事。"

"这倒可能。听说搞发明创造的学者都是年富力强的。诺贝尔奖科学方面的得主都是年轻的科学家。"

我叹了一口气:

"看来安德雷说对了,他再也不可能有新发现了。"

"我们无权预测未来,"玛蒂娜突然改变了语气。"再说了,每个个体都是不一样的。普遍性并不总说明问题。"

"但愿如此吧。"我说,然后我换了话题。

告别的时候,玛蒂娜犹豫不决地对我说:

"我想再把您这本书看一遍。我看得太快了。"

"你看得很认真,这书就是写糟了。不过,你说得对,这也没什么要紧的。"

"是不要紧。我肯定您还能写出很多好书。"

我自己倒是觉得再也不可能写出好书了,可我没有说出来。

"您这么年轻!"她又加了一句。

经常有人说我年轻,我总是挺高兴。但是忽然,我觉得这个词很刺耳。这种恭维很暧昧,真正暗示的是与此相反的现实。保持活力,快乐,思想敏锐,这是年轻。反之,按部就班,情绪低沉,头脑愚钝,就意味着衰老。我并不年轻,只是保养得不错,这完全是两回事。保养得好,但也可能到头了。我吃了几片安眠药,上床躺下。

清晨醒来的时候我感觉很怪,这种感觉与其说是焦虑,不如说是兴奋。我把电话设置到无人接听一档,就开始读我写的《卢梭》

和《孟德斯鸠》两本书。我一口气看了十个小时，中间只飞快地吞下了两个煮鸡蛋和一片火腿。重读已经被我忘记的自己的文字，真是有趣的事情。时不时地，我觉得很精彩，甚至很惊异，好像不是自己的文字；不过我还是对自己的用词、断句、批评方式、简练用笔以及习惯用语非常熟悉；这些书页都浸透了我自己的风格，就有点像一个人在他的卧室里关闭了太长时间，他的卧室便充满了他的气息似的。我逼着自己出门透透气，在旁边的小餐馆吃晚饭；回到家我喝了一杯浓咖啡，然后翻开了我最新的这本书。我知道这次阅读的结果是什么。我该说的东西在前两本里已经全部说了。我只是换了一种方式来重复前两本书的观点。我以为此书向前走了一步，但却只是老生常谈。而且没有了前两本书中的内容，显得枯燥死板。完全没有任何新意。我懂得眼下正在写的第二卷也会是同样的重复。唉，我花了三年时间，写了一本无用的书。不只是写糟了，因为我过去有过这样的经历，即便分析不够透彻，说明不很细致，但别人还是能够看出其中的新东西。这一次则是毫无用途。应该一把火烧掉。

"不要预测未来。"说得倒容易。我把未来已经看清楚了。我的未来就在我的面前，一望无际的荒漠。没有计划，也没有欲望。我不再写作了。那我做点什么？我心里一片空虚，周围也是空荡荡的。一个没有用的人。古希腊人把老年人称做"大胡蜂"。《特洛伊的妇女》中的赫卡柏就自称是"无用的大胡蜂"。今天的我就是这样。我觉得自己像是被雷击了。我不知道当一个人对自己不抱任何希望的时候该如何生存下去。

出于自尊，我不想提前出发去跟安德雷会合，甚至在电话里什么也没有对他说。后来的三天我简直度日如年！任何食物、饮料、音乐或书籍都引不起我的兴致。过去这类东西总可以让我或是兴奋或是放松，可现在所有的消遣都令我恶心。要么去看个展览，去卢浮宫转转？我没有时间的时候特别想去。但是既然十天前去参观教堂城堡对我来说已经没有意思，那今天只会更糟。画布与我的眼睛根本没有丝毫感应。我看到的只是用画笔涂抹上去的颜料。散步让我心烦，这一点我已经发现了。我的朋友们都外出度假了，再说我既不想听他们的真话，更不想听他们的谎言。菲利普，我真的后悔万分！我尽量不去想他，不然就会掉泪。

于是我就把自己关在家里。天气很热，即便拉下百叶窗也还是热得叫人窒息。时间凝滞了。这太可怕了，或者可以说太不公平了，它怎么既能过得那么快，同时又过得这么慢呢。当年我刚开始教书时，几乎和学生一样年轻，我看到鬓发灰白的老教师总是充满同情。一转眼！我也成了老教师，再后来教书便成了我的历史。很多年，我一直觉得自己的年龄是不变的，因为我面对的学生总是一样的年轻，自己也就像常青树一样。在时间的海洋里，我是岸边的礁石，被永远是崭新的波浪冲打着，却一直没有动摇，也没有被磨损。但突然海潮卷起了我，把我带走，直到沉没死亡的那一天。生命可悲的流逝是多么迅速啊。然而此时此刻，它却走得太慢——一小时一小时，一分钟一分钟。总是需要等待，等糖在咖啡中溶化，等记忆逐渐消逝，等伤口慢慢愈合，等太阳落山，等烦恼散去。这两种速度的差别之大，令人咋舌。岁月从我的指缝急匆匆地溜走，可每一天却是如此漫长。

我心里还有一个希望：安德雷。可是他能填补我的空虚吗？我们之间怎么样了？首先看看，我们共同生活的这么多年中，彼此到底意味着什么？我想诚实地回答这个问题。那必须先把我们的故事概括总结一下。我一直有这个打算，现在我就试试。我舒服地坐到一个单人沙发上，盯着天花板，我回想我们初识的日子，我们的婚礼,菲利普的出生。都是烂熟于心的事情,太乏味了!夏多布里昂有一句话说"荒漠的过去"。说得多么精辟!我原来想象自己这一生是一道美丽的风景,我随时可以回头观赏,探寻其深处的宝藏。其实不然。我能够记起很多人名和日期,就好像一个小学生能熟练背诵一篇根本不懂的课文一样。我的记忆深处还有一些残缺不全的苍白画面,像法国历史一样抽象。这些画面似乎是在白色的衬底上胡乱剪贴的。所有回忆中安德雷的面孔都是同样的面孔,没有任何变化。我停止回忆。该做的可能是好好思考思考。他对我的爱真的和我对他的爱一样深么?开始的时候可能是的,或者说,那时候没有必要考虑这个问题,因为我们之间非常融洽。但是自从他对自己的工作不满意以后,他是不是觉得我们的感情也使他失望?我认为他把我当成一个不变的系数,也就是说,如果没有我,他会感到很不适,但我的存在对他的命运根本不产生影响。所以我对他的理解在他身上没有效应。难道别的女人能做得更多吗?我们之间的沟壑,是谁加深的?是他?是我?还是我们两人?还有可能把它填平吗?这些问题弄得我筋疲力尽。爱情、和睦、不合,这些词在我脑中都变得支离破碎,只剩下一堆杂音,没有任何含义了。难道它们确实有过含义吗?午后我坐上了南下的火车,完全想象不出下一步会怎么样。

他在站台上等我。几天来只看到他的旧照片,听到他遥远的声音,现在他终于在我眼前了!晒黑了,瘦了,新剪的头发,粗布的长裤和短袖衬衣,面前的他似乎跟两星期前离开巴黎时的他有点不同,但的确是他。我的快乐难以掩饰,而且不会转瞬即逝。也许会吗?他亲亲热热地把我安顿在车上,一边开车一边不断对我温柔地微笑。只是，我们通常习惯于热烈地讨论，动作和微笑都没有什么意义。他真的高兴见到我吗？

玛奈特把她干涩的手搭在我的肩上，吻了一下我的前额："你好，亲爱的孩子。"她如果死了，就再也没有人这样称呼我了。我现在比第一次见面时的她还大十五岁，真叫人难以置信。她那时四十五岁，可我记忆中她就跟现在一样年纪。

我和安德雷在花园里坐下，玫瑰花似乎承受不住夏日的炎热，散发出一种叫人怜惜的味道。我对他说：

"你变年轻了。"

"这要归功于田园生活啦！你怎么样？"

"身体还好。可你看到那些批评文章了吗？"

"看到几篇。"

"你为什么没有跟我说这本书毫无价值？"

"没那么严重。确实有不少内容你以前讲过，但还是有很多有价值的东西。"

"反正没有让你产生特别的兴趣。"

"嗨！我嘛……我什么书都看不进去。恐怕没有比我更不爱看书的了。"

"连玛蒂娜都没有好话，后来我自己也明白了。"

"你的计划是高难度的，你摸索过了。现在我估计你清楚问题在哪儿了，第二卷就可以补救了。"

"不可能了。我整个的构思都错了。第二卷肯定不会比第一卷好。我放弃了。"

"这个决定有点草率。让我看看你的稿子吧。"

"我没带来。我知道很糟，真的。"

他不安地看着我。我轻易是不会泄气的，他了解我。

"那放弃了这个你做什么？"

"什么也不做。我本来以为这两年都会很忙，忽然就空空如也了。"

他把手放在我的手上：

"我明白你很烦恼。但是不要作践自己。也许目前空空如也，不一定哪一天你又有主意了。"

"你瞧，说别人的时候我们都挺乐观的。"

他坚持他的想法，其实他也只能这样说。他提到了几个作家，确实很值得研究。可是再搞我以前对卢梭和孟德斯鸠那种方式的研究，有什么意义呢？我本想换一个角度，但是找不到。我记起安德雷说过的一些话。他跟我说到过自身的阻力，现在我就在我自己身上看到了。我看问题的切入点，我的思维习惯，我的推测方法，我的逻辑步骤，都是固定在我身上的，我不可能改变。我的作品停止了，终结了。我的自尊并没有受伤。如果我今晚死去，我会认为我的一生是成功的。然而让我恐惧的是今后这片荒漠，直到死亡来临的那一天，这将是多么难熬的日子。晚餐的时候，我甚至无法强装笑脸。幸好玛奈特和安德雷在有关中苏关系问题上争得不可开交。

我早早上楼去睡了。我的卧室有一股好闻的味道，是薰衣草、百里香和松针的芳香；我似乎觉得自己昨天才离开。但已经过了一年了！一年比一年过得快。实际上到我长眠不醒的那一天大概也不会很久。只是我知道坐等时间一分一秒地过去是很漫长的。况且我对生命还很眷恋，死亡并不是一种慰藉。在这寂静的乡村之夜，我很快便睡熟了。

"你想出去转转吗？"第二天一早安德雷问我。

"当然。"

"我带你去看一个我新发现的地方,特别漂亮。在加尔河边。带着游泳衣吧。"

"我没带来。"

"问玛奈特借一件好了。你看着,你一定想下水。"

我们上车开进了灌木丛中的小土路。安德雷说话的口气很兴奋。他已经很久没有在老家住这么长时间了。这些天来他在这一带到处探寻,还见到了儿时的伙伴,他确实比在巴黎的时候显得年轻而且快活。看得出来,他根本就没有想我。我不在的情况下他能快活多长时间呢?

他停下车:

"你看见下面那片绿色了吗?那是加尔河。这个地方河水聚集,形成一个小湖,到水里游泳再好不过了,而且四周的风景很美。"

"哎哟,挺远的,一会儿上来可不容易。"

"根本不费劲,我走过好几次了。"

他三两步就顺着陡坡走下去了,稳稳的。我远远地跟着他,慢腾腾,晃悠悠。我小心翼翼,这么大年纪要是摔断了腿可就很麻烦了。我上山还比较利落,但是下山对我来说一直难度很大。

"你看这里美不美?"

"很美。"

我坐到一块礁石的阴影里。我不想下水。我水性不好。而且即便是在安德雷面前,我也不喜欢穿着游泳衣暴露自己。老男人的身躯还是没有老女人的身躯难看,我看着安德雷在水里翻腾心里这么想。碧水蓝天,田野的气息,其实我也应该早一点到这里来。假如他多劝我几句,我肯定会提前来,可惜他并不希望如此。

他坐到我旁边。

"你真该下水试试。舒服极了！"

"我在这儿挺好。"

"你觉得我妈妈怎么样？叫人吃惊吧，是不是？"

"确实叫人吃惊。她每天都做什么？"

"她看书，听广播。我说要给她买一台电视机，她不愿意。她说：'我可不能随便让人进到我家里。'她种花种菜。她去参加她的支部会议。她这么说，她从来没有无聊过。"

"也就是说，现在是她一生中最美好的日子。"

"一定是。对于像她一样，为别人辛苦操劳了一辈子的人，老年就是一个快乐的时期。"

我们开始往上走的时候，天气热起来了；路很长，也比安德雷说的难走得多。他迈着大步，我从前是喜欢爬山的人，但现在走得非常艰难，远远地落在他后面，这让我很恼火。我的太阳穴好像被烈日穿透了，树上的蝉鸣刺得我耳朵生疼。我气喘吁吁。

"你走得太快了，"我对他说。

"你别着急。我在上面等你。"

我停下来，汗流满面。我又往上走。我已经无法主宰我的心脏、我的呼吸；我的双腿也不听指挥；我的眼睛被强烈的日光照得不能睁开；蝉虫吟唱爱与死的单调歌声弄得我烦躁不已。走到汽车旁边时，我的脸和头好像都在燃烧，快要充血了。

"我快死了。"

"你应该再慢一点上。"

"我可记住了，你的这些好走的小路。"

我们回去的路上一句话也没说。我不该为这一点小事生气。我一直是火气较大的那种人，难道我现在要变成整天没事找事的人吗？我需要小心。但是我忍不住。而且我感觉很差，觉得自己像是中暑了。我只吃了两个西红柿就回房休息了。房间里的阴影、地板砖和白色的床单都使人产生一种清爽的印象。我闭上眼睛，寂静中只有挂钟滴答作响。我曾经对安德雷说过："我看不出人老了能失去什么。"唉，我现在看出来了。我一直拒绝接受菲茨杰拉德所说的人生就是"一个逐渐消损的过程"这种观点。我以为我与安德雷的关系永远不会变化，以为我的作品会不断充实更新，以为菲利普一天天地向我所期望的目标靠近。我也不为我的身材担心。我甚至以为沉默都是有创意的。全都是幻觉！圣伯夫的话比瓦莱里的话更精辟："人的有些地方会变硬，有些地方会腐烂，但他永远不会成熟。"我的身材失去了控制。我已经写不出东西；菲利普辜负了我的期望；而最使我难过的是安德雷与我之间的关系在逐渐恶化。年老的过程是一个下坡路，可我却一直声称自己在进步，真是愚蠢！这下坡路原本比较缓，但从今以后它既是很快的，也是很慢的，因为我们还要变成更老的人。

我下楼的时候，午后的炎热已经消散了，玛奈特坐在朝花园的窗口看书。她并没有被年龄消损，可是她的心灵深处究竟怎么想？她想到死亡吗？对于死亡，她听天由命还是心怀恐惧？我不敢问她这些问题。

"安德雷去玩滚球了，一会儿回来。"她对我说。

我坐到她对面。我到了八十岁，不管怎样也不可能像她一样。我无法想象自己把孤独称做自由，悠然自得地享受生活。对我来说，生活所给予的东西，它会一点点地拿走，现在它已经开始了。

"你看，"她对我说，"菲利普不想当老师了，这可不太好，他会变成好吃懒做的人。"

"唉，是啊。"

"如今的年轻人什么都不信了。不过你们两人,你们也不信什么了吧。"

"安德雷和我吗?当然信。"

"安德雷什么都反对。可能就是他的错。就是因为这个,菲利普才变成这样。人总得赞成某些事情。"

她一直对安德雷不加入共产党耿耿于怀。我不想谈这些事。我给她讲了上午去河边的经过,然后我问:

"您把照片放哪儿了?"

这已经成固定节目了,每年我都要看那本老相册。可是它每年都不在同一个地方。

她把相册放到桌上,连同一个纸盒子。特别老的照片不多。玛奈特结婚时的照片,身穿一条呆板的长裙。一张合照:玛奈特和她丈夫,他们各自的兄弟姐妹,这些人中现在只剩玛奈特了。安德雷童年的照片,倔强而自信的样子。二十岁的勒妮,在她的两个哥哥中间。我们想我们永远也无法对她的死释怀,二十四岁,对生命充满了憧憬的年纪。如果活着,她会有什么样的命运呢?她会接受衰老吗?她死的时候,那是我第一次接触到死亡,我哭了很久。后来我就哭得越来越少:我父母去世,安德雷的哥哥去世,我公公去世,还有一些朋友也去世了。这也是年老的表现。经历了太多的死亡,怀念之后便是遗忘。在我看报纸的时候,我也常常读到死讯:一个我欣赏的作家,一个同事,安德雷过去的一个同事,一个政治上的同志,还有一个失去联系的老朋友。如果像玛奈特这样,成了一个已经消失的世界的唯一见证人,肯定感觉很奇怪。

"你看照片啊?"

安德雷俯在我身后。他翻了翻相册,指给我看一张他十一岁时的照片,和他班上的同学一起照的。

"这些同学中超过半数都已经死了。"他对我说。"这一个，叫皮埃尔，我见到他了。这一个也见了。还见了一个保罗，这张照片上没有他。我跟他们有二十年没见面，基本上认不出来。别人都不相信他们跟我同岁：他们真的特别老。还不如我妈妈精神呢。我都吓了一跳。"

"是因为他们日子过得辛苦吗？"

"是啊。在这个地区种地，肯定特别苦。"

"跟他们一比，你觉得自己年轻了。"

"不是年轻。是觉得自己日子太好过了。"他合上相册。"走吧，我带你到镇上去喝一杯开胃酒。"

"好的。"

在车上，他给我讲起他刚才赢了滚球比赛，说他这几天进步不小。他的心情很好，似乎根本没有在意我的情绪，这让我有点不快。他在一个小广场旁边停下车，小广场上立着好多蓝色和橙色的遮阳伞，人们在伞下喝着茴香酒，空气中弥漫着八角茴香的味道。他要了两杯。一阵沉默。他说：

"这个小广场很热闹。"

"是很热闹。"

"你好像很不情愿，你想回巴黎了？"

"不、不！我这会儿对什么地方都没兴趣。"

"对人也没兴趣吧，我觉得。"

"怎么说这个？"

"你根本不想说话。"

"对不起。我感觉很差。今天上午热坏了。"

"可你平时没这么娇气。"

"我老了。"

我的声调一定很难听。我究竟期待在安德雷这儿得到什么？他搞出个奇迹？他挥动魔棒，然后我的书就变成了好书，评论界就一致喝彩？或者一到他的身边，我就完全忘记我的失败？过去他曾经给我带来了很多的小奇迹，在他还对未来充满热情的时候，他也点燃了我的热情。他相信我，也使我充满信心。他后来做不到了。即便他对自己的命运还有信心，这也不足以令我鼓起信心。他从口袋里掏出一封信：

"菲利普给我来信了。"

"他怎么知道你在这儿？"

"我走的那天给他打过电话。他告诉我说你把他轰出门了。"

"没错。我并不后悔。我就是不能喜欢自己看不上的人。"

安德雷盯着我说：

"我看不出你的出发点是好的。"

"怎么看不出？"

"你本来认为他是在母子感情方面背叛了你，可现在你又走到道德问题上来了。"

"两方面都有。"

背叛，抛弃，确实如此；这给我的伤害太深，我现在还没法平静地说这件事。我们两人又沉默下来。我们之间以后会是什么样呢？一对夫妇，就这样继续凑在一起，不为别的，只因为习惯如此。难道我们正在走这条路吗？再活十五年、二十年，没有特别的不满，没有激烈的争吵，却各自关在各自的套子里，只顾着自己的问题，只想着自己的失败，拒绝任何建议？我们现在的节拍完全错开了。在巴黎的时候我挺快乐，但他阴沉着。现在我自己高兴不起来，又讨厌他这样快乐。我想出了一个主意：

"过三天，咱们去意大利。好不好？"

"要是你喜欢就好。"

"要是你喜欢我就喜欢。"

"就是说，你反正对什么地方都没兴趣，是吧？"

"其实你经常也没兴趣。"

他没有回答。我们俩的对话卡壳了，原因是谁都不从正面去理解对方的话。我们能说得下去吗？为什么明天就比今天好？罗马就比这里好？

"算了！回去吧。"过了一会儿我说。

我们和玛奈特玩了一晚上扑克牌。

第二天，我拒绝到烈日下做任何事，也不想听蝉鸣。有什么意思呢？即便是参观阿维尼翁的教皇宫，或是去看加尔河大桥，我一定也会和上次去尚波一样没有兴致。我推说头疼要待在家里。安德雷就拿出他带来的十几本新书，埋头读起来。这些书我全都看过。我检查了一下玛奈特的书架。一些古典名著，几本我们送给她的七星文库版精装书。很多名著都是我很久以前读过的，后来就没有机会再读，已经忘记了。但是我现在懒得去读。翻开看看似乎就记起来了，反正感觉上是记得的。第一次读的新鲜感荡然无存。这些作家让我成了如今这个样子，永远不会改变了的样子，他们究竟带给了我什么？我翻看了几本，可是这些书跟我自己的书一样，有一股令人恶心的味道：是灰尘的味道。

玛奈特从报纸上抬起眼睛，说：

"我现在开始相信，我会亲眼看到人类登上月球！"

"亲眼看？你去哪儿看？"安德雷笑着问她。

"你知道我的意思。我能活到那一天。登上月球的准会是俄国人，儿子。美国佬，搞什么纯氧气，根本不行。"

"对，妈妈，你会看到俄国人登上月球的。"安德雷温柔地说。

"想想看人类开始的时候在洞穴中，只有靠自己的一双手来生存。"玛奈特神往地说，"现在发展到这个程度，说实话让人挺兴奋的。"

"人类的历史确实是非常美好，"安德雷说。"可惜的是人的历史令人难过。"

"将来会好的。只要你们那些人不让地球爆炸，我们的子孙后代会见识到社会主义的。我还想再活五十年亲眼看看。"

"你瞧瞧这精神！你听见了吗？"安德雷对我说，"她五十年的计划都有了。"

"你没有吗，儿子？"

"没有，妈妈，真没有。历史走的路真是太奇怪了，我甚至感觉它跟自己没什么关系。我觉得我一点分量也没有。五十年以后，谁知道呢！……"

"我明白了：你现在是什么都不信了。"玛奈特有点不满地说。

"根本不对。"

"你信什么？"

"我相信人的痛苦，我认为这是可悲的，应该尽一切力量消灭它。说实在的，我觉得其他事情都不重要。"

"那，"我插话道，"为什么不要炮弹，不要虚空？干脆世界爆炸，结束一切痛苦。"

"有时候是恨不得这样。可我还是愿意梦想有一天，生活中不再有痛苦。"

"所以人活一世，要有所作为。"玛奈特说，一副战士的模样。

安德雷的话让我深有感触，他并不像他表面上那样无忧无虑。"可惜的是人的历史令人难过。"他说这话时的语调！我看着他，突然很想冲上去抱住他，我确信我们永远不会成为陌生人。有一天，或许就是明天，我们会再次靠近，因为我的心已经被他碰撞了。晚饭后，我提议出去走走。我们慢慢地向山上圣安德烈堡走去。我问他：

"你真的认为除了消灭痛苦以外，什么都不重要吗？"

"能有什么呢？"

"挺灰暗的。"

"是。更可怕的是我们不知道有什么办法去消灭。"他沉默片刻，"我妈妈说我们什么都不信是不对的。可是我们确实找不到归属：我们反对苏联的那些做法；对中国也很失望；在法国，我们既不赞同执政党，也不认同任何反对党。"

"这种处境很不舒服，"我说。

"菲利普的转变大概和这有关。三十岁就反对一切，这确实比较难办。"

"六十岁也一样。那也不应该背弃自己的立场。"

"谁知道他的立场是什么呢？"

"这是什么意思？"

"嗨！当然，严重的社会不公，严重的胡作非为，他是不能容忍的。可他从来没有真正地有过政治取向。他采纳了我们的政治观点，是因为他没有别的选择，因为他看到的世界就是我们眼里的世界。其实他对此有多少信念呢？"

"但他在阿尔及利亚战争期间冒了很多险，这不说明问题吗？"

"他确实憎恨这场战争。再说，散发传单，参加游行，都是实实实在在的行动，是某种意义上的探险。这不证明他真的跟随左派思想。"

"你怎么这样替他辩护，这是糟蹋他。"

"不对。我不是在糟蹋他。我越想，就越能给他找出理由。我体会得出我们俩给他的压力有多大，他后来想出的证实自己的办法就是反对我们，不惜任何代价。再说阿尔及利亚战争吧，他后来也很失望。那些他拼着命保护过的人全都杳无音信。而现在那边的人最崇拜的，倒是戴高乐。"

我们坐在堡垒脚下的草地上。我听着安德雷的声音，平静，却很有说服力；我们俩真的又可以倾心交谈了，我心里的一个结似乎解开了。这是我第一次不带愤怒地想到菲利普。当然也没有快乐，只是很平和，可能是因为忽然我感觉安德雷离得很近，所以菲利普的事就不那么严重了。

"我们给他的压力很大，是啊，"我认真地说。我问他，"你觉得我应该见他吗？"

"如果你一直跟他这样僵着，他肯定特别难过，这又有什么用呢？"

"我不是想让他难过。我只是觉得跟他无话可说。"

"哦，那是。我们和他的关系再也不可能与过去一样了。"

我看着安德雷。他与我之间似乎一切都已经恢复常态了。月色很好，月亮旁边的一颗小星星也闪闪发光，我的心灵得到了一种巨大的安宁。"小星星我看见你——月亮看见它自己。"我心中回响起古老的诗句，我感觉自己像是回到了几个世纪前，而天上的星星正如今天一样闪闪发光。我似乎体会到了永恒的力量。这片土地就像远古时期一样清新，而此时此刻我像是拥有了世界。我坐在这里，注视着山下月光沐浴中的一幢幢房子，莫名地觉得非常快乐。

这种超脱真是令人愉悦。

"文学的优势就在这儿了,"我说。"图片会变形,会掉色,而语言却能流芳百世。"

"你怎么想到这个了?"

我给他背诵了《奥卡森和尼科莱特》①里面的两句诗。我不无遗憾地说:

"这里的夜色太美了!"

"是啊。可惜你没有早一点来。"

我跳起来:

"可惜!你根本就不想让我来!"

"我吗?开什么玩笑!是你拒绝来的。我明明问了你说:'为什么不马上就出发去南部老家?'你说:'好主意。去吧。'"

"当时根本不是这样的情况。你是这么说的,我记得很清楚:'我想马上就去南部老家。'你看着我心烦,你当时就想赶紧溜掉。"

"你不正常了吧!我的意思自然是:我想咱们立刻就去南部。结果你回答说:快去吧,而且你的语气特别冷。可我还是劝了你。"

"呵!你劝得没有任何诚意,你盼着我说不去呢。"

"一派胡言。"

他没有一点装假的样子,我有点怀疑自己当时的想法了。我搞错了吗?可那一幕清清楚楚地刻在我的脑子里。但是我相信他现在没有说谎。

"这太荒唐了,"我说。"当时我看见你决定一个人出发,真

---

① *Aucassin et Nicolette*,法国十三世纪初半诗半散文式的作品。

是很受打击。"

"是太荒唐了,"安德雷说。"我不懂你为什么那样想!"

我思索了片刻,说:

"因为我有点不信任你。"

"就因为菲利普的事吗?"

"我觉得你那段时间变了。"

"怎么变了?"

"你好像在玩老年人那一套。"

"这可不是玩。你昨天不是也说了吗:我老了。"

"但是你有点放任自流。在很多事情上。"

"举个例子。"

"你有好多习惯性的小动作,你老是摁你的牙床。"

"嗨,这个……"

"怎么?"

"我的下颌有点感染,在这个位置;要是严重的话,这里的牙桥就固定不住了,就得戴活动假牙了。你明白吗?"

我明白。有时候我做梦梦见自己的牙都掉了,就会猛地惊醒。一副假牙……

"你为什么没有告诉我呢?"

"有些烦心事真的不想说。"

"也许不该这样。误会就是这么产生的。"

"可能吧。"他站起身来,"走吧,要着凉了。"

我也站起来。我们两人慢慢地走下山坡。

"你说我玩老年人那一套,其实也有一定的道理,"安德雷说。"我有点过火了。这几天我见到那些老朋友,比我老得多,可人家都泰然处之,我很是自责了一番。我决定要行动了。"

"噢,是不是!我还以为是因为我不在,你才心情这么好呢。"

"你想什么呀!恰恰相反,我是为了你才决心振作起来。我不想当一个老刺头。老,就够讨厌了,不能再当刺头。"

我挽住他的胳膊,紧紧地挽住。我又找回了从未失去的安德雷,我将永远不会失去他。我们走进院子,坐在柏树下的一张长椅上。月亮和星星就在房顶上空。

"不管怎么说我们的确老了,"我说。"最困难的是要对自己说我们已经完了。"

他抓起我的手:

"不要说这个。我觉得我知道为什么你这本书没写好了。你开始的想法有点空,你就想有大的突破,可这太困难了。以前你写书的目的是让人们更好地理解卢梭和孟德斯鸠,这就非常具体,所以效果也很好。假如你重新定位,我觉得你还是可以出成果的。"

"不管怎么样,也就是这个水平了,我明白自己的能力有限。"

"纯粹从你个人的角度来讲,确实,你也不会有什么更大的成就。可你还是能够引发读者的兴趣,丰富他们的观点,让他们深入思考。"

"但愿如此吧。"

"我已经做出决定了。再干一年,我就停了。我打算重新去学习,把自己落下的知识补上,把空白填上。"

"你觉得经过学习,你又能有一个新的起点吗?"

"不会。可是有很多东西我不懂,我就想学。我就是想弄明白而已。"

"那你不想别的啦?"

"反正现在我不想。别想得太远了。"

"也是。"

我们过去总是想得很远。大概现在要学着只管眼前的事了。我们俩肩并肩坐在满天星斗下,闻着柏树的清香,我们的手紧挨在一起。在一瞬间似乎时间都停止了。但它还是要流逝的。那又怎么样?我是不是还能写作?我对菲利普的怨恨会消失吗?我对衰老的恐惧还会再来吗?不要想得太远。远处是可怕的死亡和永别,远处有假牙、坐骨神经痛、瘫痪、痴呆和在陌生世界中的孤独,我们不再了解这个世界,这个世界会抛下我们飞快地运行。我能做到对这一切视而不见吗?或者平心静气地面对这一切?我们两人在一起,这是多么幸运的事。我们会在人生的最后旅程中相互搀扶。也许因此这一段路就不再可怕了?我不知道。希望如此。我们别无选择。

独白

她报复的方式就是独白。

福楼拜

一群傻帽儿！我拉上窗帘后，外面路灯和圣诞树的讨厌的亮光进不来了，可是挡不住喧闹声穿过墙壁传入房间。启动刹车现在又按喇叭这些人开着标致404家庭车开着破跑车开着白色敞篷车觉得自己是天下老大。白色的敞篷车里面是黑色的靠垫真是漂亮我戴上墨镜箍上爱马仕围巾时几个家伙冲着我吹口哨，以为他们肮脏的破车和震天响的车喇叭能够唬住我！要是他们敢在我窗户底下撞一下倒是会给我点儿快感。该死的家伙把我的耳膜快震破了我连塞耳朵的棉球也用光了最后的两个我拿来堵住了电话铃而且它们已经脏兮兮的再说我宁愿把耳朵震坏也不想听见电话不响。抛开外面的吵闹和屋内的沉寂的唯一办法就是去睡觉。但我闭不上眼我昨天就没睡着因为我怕今天来临。我已经吃了太多的安眠药现在什么药都不起作用那个医生是个虐待狂他开的药都是栓剂我怎么可能把自己当成炮筒使劲塞。我必须休息明天要想和特里斯丹有所进展的话就必须休息，因为我不能掉眼泪也不能喊叫。"现在这种情况太不正常了。即便从钱的角度来看也太不合理！小孩子需要母亲。"我肯定睡不着觉然后精神极度紧张事情一定会弄糟。全是混蛋！他们把我的头要吵炸我满脑子都是他们叫嚷的样子。阿尔伯特和纳纳的老婆艾吉安奈特还有母亲他们吃了劣质鹅肝和烤焦的火鸡满嘴是油还跟我作对，我自己的弟弟和母亲替我前夫说话真是不可思议。我根本不在乎他们只要他们不妨碍我睡觉就行，我可以进疯人院了我真的假的都承认他们谁都不相信我很坚强他们别想得逞。

　　过节真是烦透了，其实不过节就够没意思的了！我一直都不喜欢圣诞节复活节国庆节。爸爸把纳纳背在肩膀上好让他看见焰火我是姐姐就站在地上挤在他们中间我的身高只到大人的屁股我就挤在热烘烘人群的屁股之间妈妈说"行了这孩子又哭起来了"他们给我手里塞了一个冰棍我才不吃我扔到地上他们叹着气说国庆节晚上总不能打我耳光。他从没打过我他宠我他叫我"可爱的小女人"。可他死了以后她动不动就扇我嘴巴。我从来没有打过西尔维亚。纳纳是小皇帝。她早晨总把他抱到自己床上我听见他们互相胳肢挠着痒笑他说没有的事我太无耻他当然不会承认他们都不会承认他可能都忘了他们都擅长忘记想忘的事情而且他们讨厌我因为我什么都记得；她常半光着身子在房间里走来走去就穿着那件有不少斑点还被烟烧了洞的白色真丝睡袍他就老黏着她这种母亲跟儿子黏黏糊糊的样子我才看不上！我想让我的孩子正正常常的不想叫弗朗西斯变成纳纳这样的同性恋。纳纳尽管有五个孩子也还是被人操的我死活看他不顺眼。

　　外面还没完。有多少人？巴黎街头有几十万人。地球上别的城市也都一样，今天三十亿人以后还会更多，饥荒一天比一天严重，连天空都污染了将来人们会挤到太空就像今天的高速公路一样以后看见月亮都要想到上面有一群蠢猪在闲扯。我本来最喜欢月亮我觉得月亮像我，他们把月亮也污染了把一切都污染了这些景象太可怕了，一个可怜的灰秃秃的东西谁都可以踩在脚下。

　　我本来是洁净单纯刻板的人。童年时我就这样，从不要花样。

我记得小时候穿着破旧的裙子妈妈不大管我别的大人问我："哎，你喜欢你的小弟弟吗？"我一丝不苟地说："我讨厌他。"妈妈的眼神是冰冷的。我嫉妒他是正常的所有的书都这么说，奇怪的是我还是接受了他。既没有忍让也没有霸道！我就像一个小女人。我直率我真实我不耍花样，他们骂我因为他们不喜欢我看透他们他们想让我相信他们说的话或者至少装做相信。

　　他们又在闹了：楼梯上传来兴奋的呼叫和笑声。就因为过新年换日历犯得上这么激动吗？我这辈子最反感的就是这种歇斯底里。我该讲讲我的生活了。那么多女人都讲自己的故事还印刷出版还有人到处谈论搞得声名远扬我的故事比那些破事都离奇得多，我受了好多苦但我是真的经历过这里一句胡编乱造也没有，他们要是看见我出名到处挂着我的照片肯定气得要死不过大家就可以了解真相。我会收集一大把男人对我俯首帖耳这帮傻瓜只要是出名的人再丑也蜂拥而上。没准我能碰到一个懂得爱我的男人呢。

　　我父亲是爱我的。唯一的一个。这就是所有的起因。阿尔伯特就知道装熊我这个可怜的女人还是玩命地爱他。那么年轻我就被他折磨得够呛！自然也就干了些蠢事儿，可能他们算计好让我相信他不认识奥利维？恶心的阴谋弄得我到现在还心里发颤。

　　他们大概就在我的头顶跳舞。我今天晚上算是完了明天根本打不起精神我就得用点药撑起来去看特里斯丹那肯定会坏事儿。不行！这帮恶棍！我就靠睡觉了。混蛋。他们把我的耳膜震碎践踏我的空间而且肆无忌惮。"楼下那个恶婆子没法儿嚷嚷因为今天过新年。"你们笑吧我总会有办法治你们人家恶婆子我不会由着你们闹。阿尔伯特那次怒气冲天地说我："用不着满世界张扬！"可我就是要张扬！他跟妮娜紧贴着跳舞她肥硕的乳房颤抖着她的香水熏死人可还是盖不住妇洗器的味道他扭动着下身勃起得吓人。满世界张扬我这辈子就是喜欢。我依旧是那个告诉人家"我讨厌他"的诚实的小女人。

他们总要把我的屋顶震塌的,然后摔倒在我头上。我能看见他们太恶心了他们互相贴着下身都挨着那些女人都潮乎乎的男人的阳具都朝天。每个人都准备着给自己最好的朋友戴绿帽子他们今晚肯定要做可能在卫生间里站着把裙子撩起来干有人要上厕所一定会踩到恶心的黏液就像那次我在露丝家一样。没准一滑碰着了另一对五十来岁的这个年纪非得有点最够劲的花样才兴奋。我相信阿尔伯特和他老婆肯定找花样柯里斯蒂娜那样子完全是什么都不吝的他一定敞开了干。可怜的我二十岁时太单纯太古板。那种天真也是很可爱的本来应该会有人喜欢。唉!我觉得自己倒霉透了丧气到了极点。

他妈的我又饿又渴可是要站起来到厨房去我根本动不了。这房子里冷得要命所以我把暖气拧到最大空气就干燥极了我嘴里连唾沫都干了鼻子也冒烟了。他们那个科学真差劲。人都能上天去践踏月亮可连暖气都弄不好。他们要是能干就给我造个机器人给我想喝的时候倒杯果汁还能给我收拾房间也不用我客气寒暄听唠叨。

玛利耶特明天不来正好省得我听她讲她老父亲的癌症。这一个还算不错我就雇她了。有那种洗碗还要戴手套尽玩贵妇人把戏的人我可受不了。我也不愿意要那些脏兮兮的弄得菜里面有头发门上有手印的女人。特里斯丹太蠢了。我对这些钟点女佣挺好的,但我就是想让她们好好干活不要找事儿也别给我唠叨她们家的事情。为这个就需要调教她们就像调教小孩子一样。

特里斯丹没有调教弗朗西斯,臭女人玛利耶特没给我做完活就走了,他们来过以后这客厅肯定会像猪圈一样。他们会带来一个没有用的礼物我们会行吻面礼我给他们拿出些小点心吃弗朗西斯会按照他爸爸教的那一套回答我的问题他说谎的水平不亚于一个大人。换了我应该能把他培养成好人。我要对特里斯丹说：没有母爱的孩子一般都成不了器他准得变成流氓不然就是同性恋你应该不想这样吧。我的声音让我自己觉得恶心，我真想去吐：他们把孩子从母亲这儿夺走完全是违背常理的！可我得靠着他。"吓唬他离婚，"珉珉跟我这么说。她是开玩笑。男人都跟男人立场一致法律都特别不公平而且他有后门到法院离婚肯定我吃亏。弗朗西斯会归他还有钱和房子！如果他让我在钱房子和弗朗西斯之间选择我一点办法也没有。我全靠他了。没有钱我什么也拿不到我就猪狗不如到处是零。我以前真是傻蛋还对钱满不在乎！我一直没怎么让他们这些蠢驴出钱。要是我还跟弗洛朗在一块儿我准得给自己整个小金库。特里斯丹那会儿对我太好了我就可怜了他。瞧现在！这家伙不可一世把我甩了就因为我不够歇斯底里我没有给他下跪。我会和他算账的。我要告诉他我会把真相告诉儿子：我没病我一个人过是因为你那个混蛋爸爸把我甩了他诬陷我整我还打过我。在儿子面前大发雷霆或是到他门口割腕或是别的手段我会行动的他还会回到我这儿来我不会这么一个人枯朽下去由着楼上的人挤对我天天被对门的广播吵醒快饿死也没人送饭。这些骚女人全都有男人保护有孩子伺候就我一无所有：不能这样下去了。这半个月来那个管道工一直糊弄我人们就是这样看见一个单身女人好欺负就胡作非为落井下石。我气愤我硬撑着可人家还是唾弃单身女人。上午十点听广播是"合法"的，人家还拿这种大话压我。我连续四天半夜给他们打电话可算报复了对门他们知道是我干的可抓不着我这真叫人过瘾，后来他们把电话掐掉但我会找到别的法子。什么？晚上睡觉白天上班星期日游逛这帮人都这样你能把他们怎么着？家里有个男人就行。管道工肯定早就来修管道了门房也会对我客客气气对门也会把音量放低。真他妈的！我就是想让别人尊重我一点儿就是想有丈夫儿子还有一个家跟其他人都一样。

一个十一岁的小男孩肯定喜欢去看马戏看动物园。我会很快把他调教好的。他本来就比西尔维亚好带。西尔维亚就像阿尔伯特一样难缠透顶。唉！这也不是她的错可怜的小宝贝他们全都教她跟我作对而且她这个年纪的女孩子都不喜欢母亲人家管这个叫摇摆不定阶段其实就是仇恨母亲。这又是我发现的能把他们气死的真理。那一回我让艾吉安奈特看克劳迪亚的日记她气得汗都出来了。她不想去看就像那些因为怕查出癌症而不去看医生的女人那就做她乖乖女的好妈妈。西尔维亚根本不是乖乖女我看了她的日记我全知道，不过我愿意直面问题。我没有埋怨自己我知道有一天她会明白会懂得我是对的他们是错的。我有耐心我从来没有打过她。我当然也维护我自己。我对她说："你要不了我的命。"她倔得像驴经常为一点小事哭哭啼啼几个小时她根本没必要再见到特里斯丹。女孩子需要爸爸这我比谁都清楚，可谁也不认为她需要两个爸爸。阿尔伯特已经够麻烦了他不只是享受法律许可的条件还想要得更多我必须跟他脸对脸地斗争要不然他肯定把她惯坏了。他给她买的裙子根本不正经。我可不想让我的女儿成了婊子像我妈一样。她七十岁还穿着小短裙子抹得满脸是颜料！那一天我在街上看见她我立刻躲到马路另一边去了。她这副样子要是跟我在大街上演和解那一套我可就好看了。反正她家里还是又脏又乱拿她成天在发廊里花的钱早就可以找个钟点工给收拾收拾了。

没有车喇叭的声音了，比起马路上吵吵嚷嚷的声音我倒是更愿意听汽车的噪音，大门开开关关他们又笑又叫还有人在唱他们都已经醉了但楼上还在闹。他们把我搞得浑身难受我嘴里黏糊糊的大腿上有两个疙瘩很吓人。我吃东西很注意只吃健康食品可毕竟有人用不太干净的手碰过这地球上没有真正的卫生可言空气污染了并不只是因为汽车和工厂还有那么多人的臭嘴从早到晚把它吸进去又吐出来，我一想到我完全被泡在这些人呼出来的气体里面我就真想逃到大沙漠的深处，在这么一个肮脏的世界怎么才能保持干净的身体呢各种乱七八糟的病就从身上的毛孔传染可我原本是干干净净的不想被他们感染。要是我卧床不起连一个人也不会来照顾我。我可怜的心脏这么超负荷我没准什么时候就完蛋了可连一个人都不知道这太吓人了。有一天他们推开门看见我的腐尸臭气熏天污渍满地我的鼻子可能都让耗子啃掉了。一个人咽气一个人活着我都不想。我得有个男人我得让特里斯丹回来这混账的世界又叫又笑可我就在这儿干瞪眼，我才四十三岁还太早凭什么不叫我活着。那会儿的好日子我过得多自在：敞篷车大公寓漂亮裙子一切一切。弗洛朗花钱大方而且玩真的——除了在床上该怎么样得怎么样——他就想跟我上床还带着我到最时髦的舞厅去露脸我那时候很漂亮那是我最美的年代我的女伴们都眼红得发疯。想起那段时间真叫我难受后来就再也没人带我出去我就成天呆着犯傻。我烦透了烦透了烦烦烦。

　　特里斯丹这个混蛋我要他带我去餐厅去剧场我要跟他说我总是没有提出这样的要求他就知道一个人过来或是带着孩子过来冲我傻笑几下一小时后就溜掉。连今天晚上都没个表示！王八蛋！我在这儿心烦弄得我这么心烦这简直不是人做的事。要是能睡着时间倒是能过得快一点。但是外面太吵。我脑子里还有他们在奸笑："她一个人待着呢。"等特里斯丹回来看他们怎么笑。他肯定会回来我要逼他。我还会到时装店去做衣服我组织鸡尾酒会我的照片会登在《时尚》杂志上我穿低胸的衣服我的酥胸叫人无话可说。"你看见缪丽尔的照片了?"他们一定气得要死弗朗西斯见人就讲我带他去看马戏看动物园看演出我要使劲宠他我要让他们把鬼话都给我咽回去。恨死了!我太清醒太清醒了。他们不想让别人看清楚他们,可我是真实的我不配合他们的假戏我撕下他们的面具。他们对此耿耿于怀。一个嫉恨女儿的母亲什么事都做得出来。她为了把我赶出家门还为了别的见不得人的原因把我扔到阿尔伯特的怀里。给我弄了这么一个婚姻简直太可恶我是属于满怀激情不顾一切的女人可他是个冷冰冰的绅士下身软得像面条。换了我一定能知道哪种男人适合西尔维亚。那时候我管着她没错有点儿严格但我也很温柔我总是愿意和她聊天我希望做她的朋友如果我母亲过去对我能够做到这样我肯定会吻她的手。可是她太没良心了!她已经死了那就怎么了?死人也是凡人。她从不跟我配合她什么都没有告诉过我。她可能有个男朋友没准是女朋友这一代人都变态谁也搞不清楚。只是她只字不提。她抽屉里一封信也没有而且最后那两年连一篇日记也没有,或许她还是在写日记可她藏得太好了她死后我都没有找到。我怒火中烧因为我尽到了母亲的责任。要是自私一点在她离家出走之后我应该让她跟她爸。没有她的话我找个男人可能容易一些。但为了她好我拒绝了这个办法。柯里斯蒂娜带着三个小胖子当然想叫她过去一个十五岁的女孩什么事都能让她做可怜的傻孩子她根本想不到结果还在警察局里大叫大嚷……对着警察。我都有点儿不好意思。阿尔伯特说要是我放弃西尔维亚就给我钱!又是钱这些男人都太小人还以为拿钱什么都能买其实我要他的钱有屁用那一点钱也就是特里斯丹给我的零头。再说我就是分文没有也不会卖了自己的女儿。玳玳跟我说过:"你就算了吧,这孩子只会给你生事。"她不懂什么是母亲她只知道自己快活。可人不能总是获取也应该会给予。我给予了西尔维亚很多本来能培养出一个好女孩,我对她从来无所求。我完全是奉献。真是没良心！那次我向这个老师求救当然是正常的。西尔维亚日记里说她特别喜欢她我就认为看见这个臭知识分子她就老实了。大概她们之间还有别的关系我太天真了总是想不到坏的一面那些用脑的女人其实都是同性恋。后来西尔维亚又跟我大闹我母亲还打电话跟我说我没权对我女儿交朋友的事情横插一杠。她用了这个词"横插一杠"。我也这么说，"嘿你倒是没有插杠。那你就千万别横插一杠啊，"说完就挂了。对自己的母亲其实我本来不想这样。西尔维亚肯定会明白的。为了这个我在墓地的时候伤心欲绝。我对自己说："过一段时间她一定会觉得我是对的。"那一天的回忆太差了天很蓝人们带来了鲜花阿尔伯特当着众人泪流满面不能自持。我挺住了没有掉泪可我知道这个打击对我是致命的。被埋葬的其实也有我。我已经入土了。他们全都合伙把我埋了。连今天晚上都没有一个人问候我。他们很清楚往往在人们又吃又喝又唱又跳过节的时候那些鳏寡孤独的人就去自杀。我要是死了他们就美了他们想躲开我没那么容易我就是掉进他们裤衩里的一根刺。哼！没门儿！我不能让他们得逞。我要活我还想活。特里斯丹会回到我身边人们会给我平反我会翻身的。如果我现在和他说说话我会好受一些没准可以睡得着。他应该在家他是早睡的那种人，累不着自己。我要平静温和地说话不和他吵架不然这一夜肯定特别难熬。

电话没人接。他不在或者他不想接。他可能关了电话铃不想跟我说话。他们都评判我甚至批判我没有一个人愿意听我说。我从来没有平白无故地惩罚西尔维亚是她自我封闭不跟我交流。昨天他就没等我说完我想说的四分之一的话就在电话那边打瞌睡。太叫人泄气了。我摆事实讲道理耐心解释，我一步一步地给他们讲述真相我觉得他们在听然后我问他们："我刚才说的是什么？"他们什么都不知道他们的耳朵全糊住了一旦偶然听见一句话他们就回答得狗屁不通。我又重新开始讲又摆出新的事实：反应还是一样。阿尔伯特这方面简直没治了不过特里斯丹也不差。"你得让我跟孩子一块去度假。"他文不对题说别的事情。孩子倒是不得不听我说话可人家转眼就忘。"我跟你说过什么西尔维亚？——你说人要是在小事上丢三落四在大事上一定也粗枝大叶还说我应该整理好我的房间才能出去。"第二天照样不收拾。当我逼着特里斯丹听我说"一个孩子不能离开母亲一个母亲也不能离开她的孩子这是世界上最简单的道理再霸道的人也明白"，他无法反驳就推门出去大步流星地从楼梯上飞跑下去任由我冲着楼梯大喊大叫那我只能赶紧收场怕被邻居当成疯子，他太无耻了他知道我最讨厌满城风雨现在我在这楼里的名声已经很差了人家看见我都显得怪怪的弄得我也很不自然。唉！真他妈的我本来一直举止谨慎我特别不喜欢特里斯丹那种满不在乎到处扯着嗓子叫的样子每次看见他跟西尔维亚在公共场合哄闹我都恨不得他快点死掉。

　　刮风了！突然一股旋风吹了进来我真想来一场飓风把一切都卷走我就让龙卷风把我带走去死去休息再也不用有人想到我。不是把我的尸体抛给他们！而是所有人都一块玩完那就太好了，我现在一个人跟他们斗他们不停地害我我太累了这一切该了结了！唉！永远不会有这场飓风我想要的东西从来都不会得到。这就是一阵平常的小风最多刮掉几片瓦几个烟囱世界上什么都是小里小气的大自然和人都一样。只有我梦想着宏大的东西我还是早点回到现实的好不然整天失望。

　　干脆我就把那个栓剂给塞进去然后上床算了。可我太清醒了上了床也是折腾。假如我刚才电话通了跟他平心静气地谈过的话可能我就能静下心来睡觉了。他根本无所谓。我在这边被回忆弄得心乱如麻给他打电话他不接。不能骂他不能一上来就骂他那肯定全糟了。我怕明天。我得在下午四点以前准备好我大概还没合眼就要下楼去买小点心弗朗西斯肯定会弄得地毯上全是点心渣他还会打碎一个小物件这个孩子没调教好而且跟他爸爸一样笨手笨脚把烟灰撒得到处都是但是我如果埋怨一句特里斯丹肯定骂得我狗血喷头他从来不觉得家里干净整洁有什么要紧的。现在我的客厅漂亮极了所有的东西都给擦得闪闪发光就像从前的月亮。明天晚上七点一定会面目全非我得使劲清洗一遍才行包括我自己。我还得跟他从头到尾讲一遍肯定讲得浑身是汗。他比驴倔得多。我怎么就昏了头为他甩了弗洛朗呢！我和弗洛朗关系很融洽他掏钱我上床这可比那种互相蒙骗的关系干净多了。可我太重感情他当时一向我求婚我就觉得这是他爱我的最高境界况且我还有西尔维亚那个小东西我想让她有个真正的家庭一个无可挑剔的母亲一个结了婚的女人一个银行白领的妻子。不过我特别讨厌玩阔太太那一套还得参加应酬。所以时不时地我就炸了。玳玳对我说过，"你跟特里斯丹这样不行啊！"后来又说："我早就跟你说了！"没错我是有点自我为中心我常常大发脾气我也不会算计。也许我应该学会怎么夹着尾巴做人。我讨厌特里斯丹所以我就表示给他看。人们都不喜欢别人说关于他们的实话。他们都愿意人家相信他们嘴上说的好听的话或至少假装相信。我是个清醒的人坦率的人我撕下他们的面具。当年人家问我："哎，你喜欢你的小弟弟吗？"我认真地说："我讨厌他。"我还是当年那个想什么说什么从不耍滑头的小女孩。我那次听见教皇祈祷那么多傻瓜朝他跪下我都感觉胸口疼。他们那些豪言壮语根本一钱不值：进步繁荣人类的未来人间的幸福援助不发达国家让世界永远和平。我没有什么种族歧视可我讨厌所有这些天主教徒犹太人黑人也一样讨厌中国人俄国人美国佬和法国人。我讨厌人类他们给我带来了什么我不知道。要是他们因为愚蠢就喜欢互相宰杀互相轰炸互相灭绝那我才不会为他们哭。有一百万儿童被杀害后来呢？儿童从来就是没长大的恶棍杀掉了地球就松快一点谁都知道世界上人太多了不是吗？假如我是地球我看见这些在我身上无恶不作的动物早就恶心死了把他们全甩下来了。要是他们全死了那我搭上性命也没什么。对那些跟我无亲无故的孩子我有什么可心软的。我自己的女儿已经死了我的儿子也被人家抢走了。

我应该能获得女儿的信任。我肯定会把她培养成好人。可是我得有时间。特里斯丹是自私鬼一点也不帮我我和女儿吵的时候他听着烦就说："你别闹她了。"我们真不该要孩子玳玳说得对孩子只会给你添乱。但是既然有了孩子你就得好好养大。特里斯丹总是向着西尔维亚，可是即便我错了——这也不是不可能的事——从教育孩子的角度家长的一方反对另一方是完全不应该的。就算是我有道理他也还是支持她。还有那个小让娜，我想到她就有点心软她的眼睛水灵灵的满是哀怜，一个小女孩真的能够特别可爱她的样子叫我想起我小时候她穿得破旧没人管她妈就是我们的门房经常揍她呵斥她，她觉得我漂亮她常常摸我的貂皮大衣还给我帮些小忙于是我就悄悄塞给她一点钱还给她糖吃。她跟西尔维亚一样大我很希望她俩交朋友但是西尔维亚令我失望。她跟我抱怨："我跟让娜没话可说。"我就说她心眼不好我训她惩罚她。特里斯丹维护她说友谊不是别人可以指派的我们为这事争执了很久我其实就想叫西尔维亚学得慷慨一些结果后来让娜走了。

楼上似乎平静下来了。楼道里和楼梯上还有脚步和说笑声还有门开关的声音音乐声还听得见只是没人跳舞了。我听得出来。这会儿他们开始上床或是在沙发上地上车上干这会儿也有人开始呕吐把他们吃的火鸡肉鱼子酱全倒出来我甚至闻到了污秽的酸腐臭味我得点上一支香。要是能睡会儿就好了可是我毫无睡意离天亮还早真是凄惨的时刻西尔维亚没有理解我的苦心就死去了我破碎的心永不能复原。这股香的味道是殡仪馆的味道，教堂的蜡烛鲜花还有棺材，我只有绝望做伴。她怎么会死呢？我在她尸体旁边坐了很久很久觉得她一定能苏醒过来我也该醒了。这么多年的努力奋斗悲剧和牺牲，统统是白搭。我一生的作品消失了。我总是想把握一切，可最无法把握的事就出现在我的生命里。西尔维亚死了。已经五年了。她死了。再也回不来了。我不能承受。救命啊我好难受我太难受了谁来救我，我不想这样的日子继续下去帮帮我我不行了别丢下我一个人……

找谁呢？阿尔伯特·贝尔纳肯定摔电话，他那天当着众人哭成一团可到了晚上他大吃大喝有说有笑只有我在哭我都记得。我母亲，毕竟是我的母亲我又没做什么对不起她的事情可她毁掉了我的童年她辱骂了我还好意思说我……我希望她撤回对我说的话我不想我的耳朵里再回响起她的叫嚷声一个女儿不能忍受被母亲咒骂即便这母亲是个臭婊子。

"是你给我打电话？……我也吓了一跳不过也没什么奇怪你今天晚上想到我的痛苦然后说你我毕竟是母女不能一辈子这么僵着，况且我根本不明白你对我有什么不满意的……你不要这么叫喊……"

她挂掉了电话。她想清静。一个臭女人她他妈的作践我那我就得收拾她。真是深仇大恨呀！她一直就恨我，把我嫁给阿尔伯特她算是一箭双雕：她得到了快乐我得到了痛苦。我本来不愿意这么想我太纯洁太清白可是这事情谁都看得出。开始是她在体操课上把他勾搭上了不管他脏兮兮的她就立刻上手她一向如此跟那么多男人都干过她有的是绝招她就是那种往男人身上骑的女人我很容易就能想象出来这种女人太恶心。她想留着他可是自己太老了就利用了我他俩背着我继续鬼混，有一天我提前回家她臊得满脸通红。她多大年纪停止的？没准她现在还花钱找小白脸呢她根本不是她说的那么穷她肯定有不少首饰什么的。我认为人到了五十岁就应该规矩起来不要再搞这种事，我早就洗手不干了自从女儿死了以后。我一点兴趣都没有我根本不想这种事情连做梦都不想了。这个老不死的她在大腿之间喷的香水都流出来了可是还有臭味她成天化妆喷香水可她不洗澡反正我不认为她那是洗澡她假装冲澡的时候其实就是想把她的屁股给纳纳看。儿子女婿都勾，能不叫人作呕吗！他们准会说："你一脑子烂泥。"他们最善于这个。要是你跟他们说他们脚上踩了屎他们会嚷嚷说你的脚最脏。我有几个挺好的女伴差点给我戴了绿帽子女人他妈的都是狗屎他居然跟我叫喊："你真无耻。"嫉妒并不是无耻的真正的爱情就是有真枪实剑的。我不是那种像柯里斯蒂娜一样可以接受一夫共享或是群体性爱的女人我希望正常的夫妻生活干净的夫妻生活。我懂得自持但我也不是瞎子过电的感觉我也不避讳。我没允许别人作践我我可以扭头看看自己的过去：没什么丑陋的没什么暧昧的。但我算是个稀有动物。

稀有动物嘛，可怜就可怜在势单力薄。他们讨厌我，因为我太正直了。他们想要我的命就把我装进笼子。真要是被关起来我一定会死真的死掉。听说有的婴儿就是因为没人管而丧命的。这简直是最理想的作案手段连一点痕迹都不留。已经五年了。混蛋特里斯丹对我说：你去旅行吧你的钱足够了。足够像当年跟阿尔伯特那样穷酸地旅行，我才不干呢。平时没钱就够丢人了还去旅行！我不是虚荣的人豪华酒店里珠光宝气的女人制服笔挺的门卫对这些我根本没兴趣我告诉过特里斯丹。可是下等旅馆的破房间，我才不要！床单不干不净桌布油腻腻好像睡在别人的汗渍上用的是脏分分的餐具肯定会传染上什么病而且那味道也叫人作呕，再加上我要是得上公共厕所一准肠胃梗阻顽固便秘，厕所方面我可不能跟别人共产。再说一个人游逛是什么滋味？和玳玳一块玩挺不错因为我们两个漂亮姑娘开着敞篷车可以长发飞舞，有一夜在罗马的人民广场我们可出了不少风头。跟别的朋友一起也很好玩。可自己一个人！我这个年纪的女人如果没有一个男人陪伴在海滩上在赌场里那是什么样子？博物馆和古迹那些东西和特里斯丹一起已经看够了。我又不是疯子不会看着断臂的雕像或是坍塌的柱子激动不已。古代人我不感兴趣他们都死了所以好像比活人优秀可他们活着的时候也一样讨厌。看风景吧，我不喜欢走路，我才不想走得一身臭汗找这个麻烦有什么意思！反正到哪儿都一样人们在吃薯条海鲜拌饭匹萨饼真没劲富人在臭显穷人在要钱老人在唠叨年轻的在讲笑话男人在吹牛女人在卖弄风骚。我更愿意待在自己窝里看我的警匪电视剧即便这些电视剧拍得越来越无聊。电视真他妈的无聊！我真该降生在另外一个星球上可惜投错了胎。

　　他们在我窗户底下叫嚷什么？这几个人就在汽车旁边站着迟迟不走。他们之间都有什么可聊的？一帮俗不可耐的小青年半大的女孩子穿着超短裙薄丝袜我真希望她们全都冻坏生病她们难道都没有母亲管吗？男孩的头发都齐肩长。远看还基本上干净。可是这些小流氓迟早有一天得让警察把他们抓起来关进监狱。这一代人！他们吸毒乱搞性关系而且什么都不放在眼里。我真想往他们头上浇一桶冷水。那他们肯定会踢开我的门把我打个半死我手无寸铁还是关好窗户算了。听说露丝的女儿就是这种女孩露丝跟女儿做朋友两人形影不离。但是她管得挺严有时还扇她耳光根本不费那个讲道理的时间她还喜怒无常，我讨厌喜怒无常的人。哼！露丝有她后悔的时候呢玳玳也说过不定哪天丹尼埃尔肚子大了……西尔维亚要是还在我肯定能把她培养成一个正经女孩子。我会给她买裙子买首饰我会以她为荣我们俩会一起出门。世上没有公道的事。这就是最让我恶心的：不公平。我曾经是个多好的母亲！特里斯丹当时承认了弗朗西斯，还是我逼他承认的。可后来，他竟对我大叫说他无论如何不能把弗朗西斯留给我，他们连一点儿常理都不管胡说八道然后撒腿就跑。我在楼道里喊的时候他一步四个台阶地往楼下跑。他不能再这么捉弄我了。我要强迫他给我一个公道；我发誓要讨回公道。他得还给我这个家还给我在社会上的地位。我会好好管教弗朗西斯他们慢慢能知道我是什么样的母亲。

这些混蛋快把我气死了。明天的一仗弄得我不能呼吸。我得赢。我要赢一定要赢。我要中这个彩。不对。要是输了我就从窗户跳下去不行那太便宜他们了。想想别的事儿。高兴的事儿。那个波尔多人。我跟他之间谁都不指望对方如何也不打算将来的事也不承诺什么我们就是上床我们很相爱。跟他在一起三个星期后来他去非洲了我哭得死去活来。这段回忆让我很欣慰。这样的事情一生中也就会有一次。可惜！每次想起来我都觉得如果有人懂得爱我那我就可以变成温柔的化身。那些恶棍他们把我折磨死了他们对谁的死活都不管不顾男的都骗老婆当妈的都玩弄孩子还不许声张不许泄密这些事这些人都让我作呕。"你弟弟真够抠门儿的，"这还是阿尔伯特提醒我的我原本不太在意这类东西不过他们确实比我们多吃三倍可付账的时候总是对半分等等等等。可后来他又埋怨我："你不该跟他明说。"当时在沙滩上可热闹了。艾吉安奈特哭得泪流满面像是脸上抹了猪油。我回答说"这样他以后就明白了"。我太天真了：我以为他们能改正以为给他们讲清楚就能教育他们。"西尔维亚，你好好想想。你知道这条裙子多少钱吗？你会穿几次呢？咱们退回去吧。"我总是得反复说这些话。纳纳肯定到死也是个小气鬼。阿尔伯特就是老顽固骗子和诡诡秘秘的人。特里斯丹永远心满意足唠唠叨叨。我白费苦心。当我试着教艾吉安奈特如何穿衣的时候纳纳骂了我，说她才二十二岁可我把她打扮成了老姑娘！结果她到现在还穿着花里胡哨的小裙子。我一片好意跟露丝说女人之间应该互相支持可她对我叫喊："你太坏了！"谁理解过我的好意？我把钱借给他们从来没有要过利息可谁都不感激我甚至在我让他们还钱的时候还有人生了气。那些女伴们我都给过好多礼物后来倒说我收买人。再有就是那些我帮过的人的嘴脸上帝清楚我一句也不假。我不是那种总觉得别人欠他的人。玛格丽特姨妈对我说过："你夏天外出度假的时候能不能把巴黎的房子借给我住？"嘿！旅馆是干什么用的要是她们没钱在巴黎旅游干脆就待在自己老窝里。人家的房子是人家的我要是让别人住自己家就觉得自己被强奸了似的。玳玳也说过："别让别人随便宰你。"可就是她随时随地宰我："你借我一件晚礼服穿穿，反正你也没机会穿。"我没机会穿可我穿过，这都是我的裙子我的衣服这里面有我的回忆我才不想给随便什么人穿上。再说别人穿过以后还有味儿。假如我死了妈妈和纳纳就会把我的宝贝东西都分了。哎呀！不行我得活到这些东西都被虫子蛀得干干净净那一天万一我得了癌症我要把所有东西全扔掉。他们都占了我的便宜玳玳是头一个。她喝了我的威士忌还开过我的敞篷车。现在她开始演起热心朋友来了。但是今天晚上她都没给我从度假的地方打一个电话。要是她那蠢男人出差了她闲得难受的时候那就扭着屁股来了根本不管我有没有兴致见她。可今天是新年第一天我孤独寂寞我心里很苦。她肯定又跳舞又说笑一下儿也没想到过我。谁也不会想到我。我好像已经从地球上消失了。我好像从来没有存在过。我存在吗？哎！我使劲掐自己胳膊都快掐青了。

寂静无声了！外面的车辆声和脚步声都没有了楼道里也没有任何声音死一般的寂静。寂静得像是在停尸房别人看着我的尸体他们

85

的目光在宣判我但不容我辩白也不准我上诉。呵！他们太厉害了。他们把所有的错都推到我身上我真是最理想的替罪羊他们总算给他们的仇恨找到了理由。我的不幸丝毫没有感动他们。我估计魔鬼撒旦本人恐怕都会可怜我的。

我的一生将永远停留在六月份的一个星期二下午。"小姐睡得太沉我叫不醒她。"我的心狂跳起来我急奔过去大声叫道："西尔维亚你病了吗？"她像是睡着了的样子她的身体还是温热的。医生告诉我其实她已经死了几个小时了。我吼叫着我像个疯子一样转来转去。西尔维亚西尔维亚为什么你要这样！我看见她平静地躺着我无所适从她给她爸爸留的条子根本算不了什么我已经撕掉了这都是一出戏我知道这是一出戏——我了解我的女儿——她不是想死但她用的剂量过大了她死掉了这太惨了！这种药哪儿都能买到死亡太容易了，好多女孩子不就是为赌一口气就寻死觅活的，西尔维亚也赶了潮流：她送了命。后来他们都来了他们亲吻了西尔维亚的脸没有一个人跟我打招呼而我母亲说："是你杀了她！"我的母亲我的亲妈。他们拦住了她可他们的脸色他们的沉默都不是向着我的。也许吧，如果我是那种早上七点就起床的妈妈可能她就能得救但是我向来的生活节奏都不是这样的我怎么能知道？她放学的时候我总是在家我愿意跟她聊天问长问短可她把自己关在房间里说要学习。她从来不替我着想。我自己的妈从来没有关心过我的妈居然跟我说出这样的话！我不知道怎么回答我头晕脑涨什么都搞不清了。"要是我夜里回来的时候去看她一眼……"可是我不想打扰她睡觉而且昨天下午她的情绪挺好的。那些天真是难熬啊！好几次我都以为自己要玩完了。她的同学老师给她的棺材上放了鲜花对我一句话也没说，一个少女自杀她的母亲一定有责任，她们都恨自己的母亲所以都这么想。全都虎视眈眈的。我差点被她们吓住。葬礼之后我就病了。我反复对自己说:"要是我七点就起来了……要是我夜里回来的时候去看她一眼……"我好像感觉全世界都听到了我母亲的叫声我根本不敢出门我总是蹭着墙根走路连太阳都故意使劲晒我我觉得人们都在盯着我都在对着我指指点点太难受了我还不如死了好。我瘦了十公斤,皮包骨头走路都颤悠。医生说我得了"臆想症"。特里斯丹给了我钱让我去医院。我整天琢磨得都快疯了。她自杀是假其实是想给某个人看看,谁呢? 我对她的监视太少我真应该找人跟踪她的行迹也好搞清楚到底是谁造成这场悲剧是一个男孩或是女孩没准是那个臭老师。"夫人没有她没有谈恋爱。"那两个女孩什么也没说出来她俩的眼神叫我心寒,她们全都跟我撒谎人都死了还瞒着我。可是她们骗不了我。我知道。她这个年龄在今天这个时代她不可能没有谈过恋爱。也许她怀孕了或者被哪个骚货勾引了或者被一群坏人纠缠骚扰还威胁她不能告诉我。唉! 我不想这样凭空想象了。我的西尔维亚你真应该告诉我一切我早就会帮你摆脱这些可怕的事情。肯定是一些可怕的事情不然她为什么给阿尔伯特写这样的话:"爸爸我求你原谅我可是我实在受不了了 。"她不可能对他说也不可能跟别人讲,他们都很疼她但不是贴心人。只有对我她本来可以什么都说的。

没有他们。没有他们对我的仇恨。混蛋! 你们差点把我蒙了可是你们没得逞。我可不是你们的替罪羊,我才不上当。你们的谎话让我恶心我才不怕你们恨我我根本不在乎。混蛋! 是他们把她杀了。他们给我身上泼脏水他们让她跟我对着干他们把她当成我的牺牲品她倒是高兴小孩子都爱扮演牺牲品的角色,她认认真真地扮演这个角色她不相信我她什么都不跟我说。可怜的孩子。她需要我的支持需要我的建议可他们不允许他们什么都不许她说她没能一个人逃开她想了这么一个计策她就死掉了。凶手! 他们把她害死了西尔维亚我的宝贝我的心肝。我真的爱你。没有其他的妈妈会比我更爱你，我做什么都是为你好。我打开相册看着西尔维亚的照片！看这张有些失落的孩子气的脸这张神秘的少女的脸。我对她说，对这个被谋害的十七岁女孩说："我一直是最好的妈妈。你有一天会懂的。"

　　哭了一场让我感觉轻松了许多我有点困了。我不能在这个沙发上睡着不然肯定会很快醒来然后就又睡不着了。用一个栓剂然后上床。把闹钟上到十二点这样可以有时间准备。我一定要赢。我要这家里有一个男人每天晚上我还可以亲吻我的宝贝儿子不然我这一腔柔情派不上用场。以后就可以恢复我的名誉了。什么？我困了我想通了。这样就能给那些看不上我的人瞧瞧了。特里斯丹这个人他们还是挺尊敬的。我要他给我作证，他们就会不得不给我平反了。我得打电话给他。马上就说服他……

　　"你给我打电话了吗……哦！我还以为是你呢。你睡啦那真对不起但是我很高兴听到你的声音今天晚上太没劲了一个人都没有给我打招呼可是人们都明白经历过不幸的人最不喜欢过节这些喧闹彩灯什么的都很刺激人可你发现没有今年巴黎的彩灯比过去哪年都漂亮他们钱太多了是不是那还不如少收点税我就钻在家里不敢出门受这个刺激。我睡不着觉我太难过太孤独我来回在想那些事情我得跟你好好谈谈不吵架心平气和地你听好了这非常重要我必须对你说清楚不然我根本闭不上眼。你听着吗？我想了整整一夜我也没有别的事情可做说真的我们现在这种状况太不正常了不能继续了其实我们并没有离婚住这么两套房子太浪费了你把你那套卖掉至少能卖两千万我不会打扰你你不要担心咱们不用重新开始夫妻生活反正咱俩已经没有感情我就住最靠里的那间屋你听我说你还可以随便找女人我绝对不干涉我就是觉得既然咱们能做朋友就应该在一个屋檐下生活。对弗朗西斯来说就更好了。你替他想想我想了一夜了心里不是滋味。父母分居对于小孩子很不好他们会变得骄横恶毒习惯于欺骗他们还会有心理障碍他们没法健康成长。我希望弗朗西斯能健康成长。你不能不让他有个真正的家……你不要再躲闪这次就听我的吧。把孩子从母亲身边夺走把母亲从孩子身边夺走,这太自私太不人道了。没什么原因。我没有恶习我不喝酒不吸毒而且你承认过我是个好母亲。怎么啦?你让我说。如果你想的是你那点儿破事我跟你保证我绝不妨碍你找女人。别跟我说什么我太难相处什么我会把你吃了什么我折磨你之类的。没错我过去不是很随和经常大动肝火,可是如果你有一点耐心如果你试图理解我跟我谈谈而不是一走了之咱们之间恐怕不会弄到今天这个地步当然你也不是圣人我也没那么想,反正过去的事儿都过去了,我变了,你也看到了:我经历过痛苦我成熟多了我能忍受过去忍受不了的东西你听我接着说你不要怕咱们能和睦相处孩子会觉得更幸福他有权得到幸福我认为你没法表示反对……为什么不能现在谈这个?这时间对我特别合适。你总可以为了我牺牲几分钟的睡眠吧这件事不解决我就不可能睡得着觉你别老是那么自私长期不让人睡觉能把人弄疯的我可不想这样。七年了我就这么囚着像个死鬼一样那帮坏蛋都耻笑我你总该替我出口气听我说你欠了我很多你知道吗因为你对待我的方式还是挺差劲的,你开始说爱我爱得死去活来我为此甩了弗洛朗也跟别的朋友断了联系后来你又甩掉了我连你的朋友也全不理我了,你那时候为什么假装爱我?有时候我寻思这是不是给我下的套……就是下的套,因为那种轰轰烈烈的爱情还有后来轻易放弃根本就不可思议……你没发现吗?什么?别跟我说我是为了钱才嫁给你的弗洛朗有的是钱你别说嫁给你还真没让我觉得自己沾了光你又不是拿破仑不管你怎么想反正别跟我说这个不然我就大喊你不要说话可是我听见你嘴里在嘟囔你别说出来那全不是真的你给我下了套我上了你的当……行了你不要说，你听着你那些话我都能背出来了你都跟我讲了一百遍了别跟我玩这一套我不吃这个你别摆出这副顽固不化的样子就是顽固不化的样子我从电话里能听出来。你比阿尔伯特还差劲他那时候还年轻可你跟我结婚的时候都四十五岁了你应该懂得你的责任。算了反正过去的已经过去了。我保证我再也不埋怨你。咱们从头再来你知道要是别人对我好我能做个温柔善良的女人。好了你就说同意明天再商量具体的事情……

"王八蛋！你报复我你折磨我就因为我没给你跪下求你但是你的臭钱我不感兴趣我既不信你那副严肃的样子也不信你那些正经的词儿。你说'世界上任何东西都不能'咱们倒是走着瞧。我会为自己说话的。我会告诉弗朗西斯你是什么货色。要是我在他面前自杀你觉得这是不是会给他留下美好的回忆？……这不是要挟你蠢驴我现在这种日子过不过都没什么区别。不要把人逼绝了人是什么都能干出来的听说有母亲带着孩子一起自杀的……"

混蛋！下三滥！他挂了电话……他不接电话他不会接电话了。混蛋。唉！我的心脏不会跳了我要死了。我难受我太难受了他们把我活活折磨死我不能忍受了我要到他家里去死我要割腕等他们回家时满地都会是血我已经死掉……唉！我撞得太狠头皮都疼我应该往他们身上撞。用头撞墙不行我不是疯子他们别想这么便宜我得跟他们拼我会有办法的。什么办法混蛋混蛋我快喘不过气来了我的心跳不动了我得静下来……

……上帝啊！您开开眼吧！造出个天堂和地狱让我跟我心爱的儿子和女儿在天堂里悠闲漫步让他们全都到地狱里受煎熬我要亲眼看着他们被烧焦我会放声大笑放声大笑孩子们也会和我一起大笑。上帝您欠我这个。您一定得答应我。

筋疲力尽的女人

九月十三日星期一　盐场

　　这是一种非常奇特的景观，在一个村庄的边缘，一座废弃的城堡散发着几个世纪前的气息。我沿着半圆形的环墙行走，我登上中心建筑的台阶，久久地凝视着这辉煌而又含蓄的建筑：它为特别的用途建造，却从未发挥过它的作用。这砖石是稳固而真实的，然而正因为被长久废弃，这里好像变成了一座海市蜃楼。秋天的草地还是温热的，地上满是落叶，提示我一切是真实存在的，但却是两百年前的情景。我到车里取了一些东西。我在草地上铺了一张毯子，放了几个靠垫和收音机，然后抽着烟听起了莫扎特。那边有两三个落满尘土的窗户，我猜想里面有人，可能是工作人员。一辆卡车停在一扇厚重的门前，几个男人打开门，取出一些大袋子装进卡车。除此之外再无别的动静，没有其他的游客。我听完了收音机里的音乐会，又看起书来。这是双重的远离现实：随着书中的情节，我仿佛置身于一个遥远的地方，一条陌生的河流在身边流淌；此时此刻我抬起头环视周围的石墙，我的确也远离了我的日常生活。

　　最使我自己惊异的，是我能够独自来到这里，而且居然如此愉快。我本来有点怕这次一个人北上巴黎。以前每一次即便没有莫里斯，也总是有女儿们陪着我。我以为自己会怀念克莱特的一惊一乍和吕西安娜的处处挑剔。但是我却从来没有像现在这样快乐过。一个人独处的自由使我年轻了二十岁，甚至在合上书以后，我竟然给自己写起信来，像少女时代一样。

每次离开莫里斯的时候我都很难过。他出去开会只是一个星期，可从穆然送他去尼斯机场的时候，我心里就像挂了铅。他也很难受。当机场广播呼叫前往罗马的乘客时，他使劲地拥抱了我："开车小心，别出事。"——"你的飞机也别出事。" 过了检票口，他又一次扭头看我，我注意到他眼里的关切。飞机起飞的时候我似乎难以呼吸。机体缓缓滑动，就像在轻柔地说再见。忽然飞机拔地而起冲入空中，又像是粗暴地说永别。

可是过了不久，我就感到了一种喜悦。真的，女儿们不在并不让我忧伤，恰恰相反。开车时我可以想快就快想慢就慢，想去哪儿就去哪儿，想在哪儿停就在哪儿停。我决定这个星期我要"流浪"。天一亮我就起来了。汽车像一个忠心耿耿的牲畜，在楼下等候着我；它身上满是晨露，湿淋淋的；我给它擦干眼睛上路，开始我阳光灿烂的一天。我白色的旅行包就在我身旁，里面装了公路图、导游书、几本闲书、一件外套，还有香烟，我忠实的旅伴。在我向客栈老板娘询问她的海鲜鸡的烹制方法时，旁边的人都没有表现出不耐烦。

天很快要黑了，但空气还是温热的。这种时刻是大自然对人类展示厚爱的时刻，叫人不能不觉得快乐。

九月十四日星期二

莫里斯爱上我的一个原因就是，用他的话来说，叫做"我对生命的高度重视"。刚才经过我认真思索以后,这种重视又在我心里复活了。现在克莱特已经结了婚,吕西安娜在美国,我可以有很多时间来重视生命。"你会厌烦的。你不如找个工作,"在穆然莫里斯还对我这么说。他说了几次。可是至少目前我还不想。我想的是终于能够为自己而生活了。也可以和莫里斯重温二人世界的时光了。我脑子里还有不少打算。

九月十七日星期五

星期二我给克莱特打了电话,她得了重感冒。我对她说我马上就回巴黎,她表示反对,让·皮埃尔很会照顾她。可我还是不放心,当天就赶回来了。她躺在床上,人瘦了一圈,一到晚上就发烧。八月份我陪她去山上度假时就觉得她身体很弱。我真想叫莫里斯赶快回来给她检查检查,再跟塔尔波医生谈谈。

现在我这里又多了一个需要呵护的人。星期三晚饭后我从克莱特家里出来,夜色很美,我就开车一直开到了拉丁区;我在露天咖啡馆坐下,抽了一支烟。邻桌的女孩贪婪地盯着我的那盒切斯特菲尔德①,然后向我要了一支。我跟她说了几句话;她草草回答我的问题就起身要走;她十五六岁,不是学生,也不是妓女,她深深地触动了我;我提议开车送她回家。她先是拒绝了,然后犹豫了一会儿,最后承认她不知道去哪里过夜。她是当天早晨从收容所里跑出来的。我让她在我家里住了两天。她母亲有精神障碍,继父不喜欢她,他们放弃了对她的抚养和监护权。处理此案的法官保证要把她送进一个有职业培训的教管中心。可到目前为止六个月了,她一直"临时"在这个收容所住,在这个地方她根本不能出去,只有星

---

① Chesterfield,美国香烟品牌。

期天她想去教堂做礼拜才能出去一小会儿，而且一天到晚什么事情也没有。那里有四十几个女孩，物质条件还不错，但精神上极度苦闷、烦躁，甚至绝望。晚上人家发给她们每人一片安眠药。她们想办法把药攒起来。某一天她们就会把积攒的药片全部吞下。玛格丽特告诉我："不是出走就是自杀，这都是我们的法子，为的是让法官想起安顿我们的事。"出走是最容易的，也很平常，如果出走时间不长，她们不会受到处罚。

我对她发誓我一定会满世界大闹一番，让他们立刻给她换一个地方，她听从了我的劝说回到收容所。当我看着她走进收容所的大门，低着头，拖着脚跟，我真是由衷地感到愤怒。她是个漂亮的女孩，一点儿也不傻，很善良，她只是想找个工作，可人家正在残害她的青春；不只是她，还有其他成千上万的孩子。我明天要给巴隆法官打个电话。

巴黎是多么残酷的地方！即便是在这种温暖的初秋，我还是感觉压抑得喘不过气来。今天晚上我感到有些消沉。我画了些草图，打算把女儿们的房间改成一个起居室，要装饰得比莫里斯的诊室和候诊厅温馨一些。我意识到吕西安娜再不会在家里住了。房子里会很安静，但是空荡荡的。况且我又为克莱特忧心忡忡。好在明天莫里斯就回来了。

九月二十二日星期三

我根本不想找工作的主要一个原因是：我不喜欢在别人需要我的时候，我因工作而脱不开身。我这些天每天都来照顾克莱特。她的烧还是退不下去。莫里斯说："不太要紧。"但塔尔波提出要做其他化验。我脑子里不停想着可怕的问题。

巴隆法官今天上午见了我。很客气。他认为玛格丽特的身世很可怜，可是有类似经历的人还有成千上万。可悲的是，法国目前没有任何机构可以收留这些孩子，也没有人力能够良好地管理他们。政府没有任何措施。那些处理青少年事务的法官，还有民政人员的努力也得不到回应。玛格丽特所住的收容所只是一个临时过渡的地方，本来应该在三四天以后就把她安置到其他地方。但是去哪儿？没有去处。这些女孩待在那个收容所里，那儿既没有教育她们的设施，也没有让她们娱乐的设施。他会想办法给玛格丽特找个地方。现在他要告诉收容所的管理人员允许我去看她。玛格丽特的父母并没有签署彻底放弃监护权的文件，但是他们不可能再把孩子带回去；他们本身不愿意，再说对于玛格丽特来说那会是最糟糕的办法。

从法院出来我就为这体制的不健全而生气。青少年犯罪率在上升，可他们除了严厉处罚以外，竟不采取别的措施。

正好经过圣礼拜堂门前，我就走了进去，我登上螺旋形的楼梯，看见教堂里的外国游客，还有一对手拉手欣赏彩绘玻璃的情侣。我心神不宁。我又想到克莱特，我很担心。

我很担心。看不进书。唯一可以让我放松的事情，大概是和莫里斯聊一聊，可他要半夜才会回来。从罗马回来后，他每天晚上都去实验室和塔尔波还有库图里埃一起工作。他说他们快出成果了。我可以理解他对科研的重视。可这次是我第一次如此担忧，他却不能分担。

九月二十五日星期六

窗户是黑的。我料想到了。以前——什么时候以前？——如果个别情况下我自己出去，回家的时候总能看到红色窗帘透出的一丝亮光。那时我总是跑上两层楼，懒得找钥匙急急地按门铃。现在我慢慢地上了楼,我把钥匙插进锁眼。房子里真空啊!怎么这么空!自然是没有人在家了。但是不对,平常我回家的时候总能找到莫里斯的气息,即使是他不在的时候。今晚所有的房间都空荡荡的。十一点了。明天化验结果就出来了,我很害怕。我害怕,而莫里斯不在。我明白,他的科研很重要。可不管怎么样,这使我很愤怒。"我需要你,可你却不在!"我想把这句话写在纸上,然后放在门厅一个显眼的地方。不然我就什么都不说,像昨天一样,像前天一样。可过去在我需要他的时候,他总是在我身边。

……我给花浇了水,我开始收拾书柜,我又马上停了下来。我跟他讲布置这间屋子的时候他无动于衷,我觉得很奇怪。我应该承认事实了,我一直喜欢了解事实,其实我寻找过,我已经得到了事实。说真的,莫里斯变了。他被他的工作吞噬了。他不再看书了。他也不再听音乐。(我真怀念我们一起听蒙特威尔地或是查理·帕克时的宁静以及他专心致志的表情。)我们俩不再一起出去散步郊游。我们甚至不再像以前一样聊天了。他开始像他的很多同事,变成了工作和赚钱的机器。我说得不对。对于金钱和名誉,他是不在意的。可是,自从十年前,不顾我的反对,他决定转行做专科医生以后,正如我所担心的,他逐渐变得没有情趣了。甚至今年在穆然度假的时候,我就已经觉得他心不在焉:他急着回巴黎回到他的医院和实验室,成天烦闷焦虑。算了!干脆把真相捅到底。送他到尼斯机场的时候,我心里难受是因为这次度假搞得很不愉快。如果说我在参观盐场的时候觉得特别快乐的话,那是因为远在国外的他反倒让我感到亲近了。(日记真是奇怪的东西,其实人不记的东西比记下来的重要。)似乎他对家庭生活不感兴趣了。今年春天他很随便就取消了我俩去阿尔萨斯的旅行计划!不过看到我失望他也很愧疚。于是我只好假装愉快地对他说:"先生想征服白血病,太太也得做出牺牲嘛！"可是过去莫里斯心目中的医学，是和活生生的病人打交道，减轻他们的痛苦。（当我还在科钦实习的时候，我看到的是那些大教授冰冷的神情，还有实习生们无所谓的样子，我深深地感到失望和无奈；那时我注意到了莫里斯那沉静的漂亮眼睛，眼中有着和我一样的无助和愤怒。我想从那时起我就爱上了他。）我怕的是现在他的病人对他来说都只是病例而已。他更感兴趣的是了解，而不是治愈。即便是跟亲朋好友在一起，他也显得很抽象，而他曾经那么生动，那么风趣，四十五岁也和我刚遇到他时一样年轻……是的，确实是变了，我能够背着他这样写他，这就很说明问题了。要是他也这样写我，我一定会觉得他背叛了我。我们两人之间原本是没有任何隐瞒的。

现在也还是如此，只是我的怨气太大了，他应该能够很快消除我这怨气的。他会让我再耐心等待一阵，说这一段极度忙碌之后就会清闲一些的。去年他也常常工作到很晚。没错，但是当时吕西安娜还在家。而且我没有什么担心的事情。他应该知道我现在坐立不安，我不能看书也不能听音乐，因为我害怕。我不给他在门厅留字条，我要跟他谈谈。我们结婚二十年，二十二年了，很多情况下我们都沉默，这不好。我想这些年来我总是一心扑在女儿们身上，克莱特多愁善感，吕西安娜执拗倔强。我对他的关心恐怕有点不够。他其实应该对我说明白，而不该完全投入到工作中，把我隔离在外。我们俩应该好好谈谈了。

零点。我真希望他快点回来，好平息我心里的火气，于是我两眼盯着挂钟。时针纹丝不动，我烦躁起来。莫里斯的形象变得支离破碎，一个如此对待自己妻子的人，怎么能号称与疾病和痛苦斗争呢？这太冷漠，这太残忍。生气有什么用。够了。如果明天克莱特的化验结果不好，我一定得特别冷静。我还是试着睡觉吧。

九月二十六日星期日

事情发生了。就落在我头上。

九月二十七日星期一

唉，对了！事情就落在我头上了。没什么稀奇的。我得好好劝劝自己，控制自己的情绪，昨天一整天我都被怒火淹没了。莫里斯欺骗了我，是的。这也没什么稀奇的。他其实可以继续把我蒙在鼓里。尽管他拖了很久才坦白，我还是要感谢他对我说了实话。

星期六晚上我慢慢地睡着了，但时不时地我把手伸向床的另一边，发现他一直没有回来。（我喜欢在他还在书房里工作的时候就入睡。我似乎可以在睡梦中听见他洗漱的声音，闻到淡淡的科隆香水的味道，然后我伸出手，摸到他的身体，于是我踏实地沉沉睡去。）忽然，大门砰的一声关上了。我叫道："莫里斯！"当时是凌晨三点。他们没有工作到三点，他们一定去喝了酒聊了天。我坐了起来：

"几点回家呀？你从哪儿来？"

他坐到一个沙发椅上，手里端着一杯威士忌。

"三点了，我知道。"

"克莱特病着，我担心得要死，可你半夜三点回家。你们没有工作到三点吧。"

"克莱特病得更重了吗？"

"反正不见好。你才不管呢！肯定的，你们管的是全人类的健康，女儿生病算什么。"

"你别冲我来。"

他看着我，显得有点忧伤、沉重，我就像往常一样，一看到他这种表情，怒气就全消了。我轻轻地问：

"告诉我你为什么这么晚回家。"

他一言不发。

"你们去喝酒了？打牌了？你们出去玩儿了？你忘记时间了？"

他还是沉默着，把酒杯在手心里转来转去。我索性乱说一气，为的是逼他开口，给我一个解释：

"有什么事儿？你有别的女人了？"

他看着我，说：

"是的，莫尼克，我有别的女人了。"

（我们的头顶和脚下都是一片蔚蓝，海峡对面的非洲海岸清晰可见。他把我紧紧搂在怀里。"如果你背叛我，我就自杀。"——"那如果你背叛我，我用不着自杀，我会伤心而死。"这是十五年前的事情。已经十五年了吗？十五年意味着什么？二加二等于四。我爱你，我只爱你。真理是不可摧毁的，时间的流逝也无法改变。）

"她是谁？"

"努艾丽·格拉尔。"

"努艾丽！为什么？"

他耸了耸肩膀。这很显然。我知道答案是什么：漂亮，优秀，充满诱惑力。那种不求结果但让一个男人感觉很有面子的艳遇。难道他原来觉得不够有面子吗？

他对我微笑着说：

"我很高兴你今天给我提了这个问题。我真不喜欢跟你撒谎。"

"从什么时候起你一直在骗我？"

他几乎毫不犹豫地说：

"在穆然度假的时候我说了假话。后来自我从罗马回来。"

那就是五个星期了。他在穆然的时候是不是在想她?

"我不在巴黎的时候你就和她睡过了?"

"对。"

"你经常见她吗?"

"噢!不、不!你知道我工作很忙……"

我让他说得确切一点。他从罗马回来以后有两个晚上和一个下午是跟她在一起的,对我来说他们见面很频繁了。

"你为什么不早点告诉我?"

他惭愧地看着我,话音里带着一点歉意:

"你说过你会伤心而死……"

"我是这么说的。"

我突然想放声痛哭,因为我不会死掉,而这正是最可悲的。在蓝色的水波之上,我们望着非洲海岸,遥不可及,我们所说的只是几句话而已。我朝后倒下。我好像被重重地击了一下。恐惧使我不知所措。我需要一些时间才能弄懂到底发生了什么事。我说:"睡吧。"

愤怒很早就把我叫醒了。他显得很无辜,睡眠似乎抚平了他额头的皱纹,头发乱乱的。(八月份,我不在的时候,是她睡在他的身边,我简直无法相信!我那时为什么要陪克莱特到山区去呢?她并没想让我去,是我自己坚持要陪她的。)这五个星期以来,他一直在编谎话!"今天晚上我们进展不小。"说这话的时候,实际上他是从努艾丽那儿回来。我特别想把他摇醒,骂他,对他喊叫。我克制住了。我在枕头上留了一张字条:"晚上见",我想我的躲避应该比责备更能让他明白,我不在他什么也没法说。我漫无目的地在街上走,心里只有这几个字:"他骗了我。"我的眼前出现了这样的画面：莫里斯深情款款地看着努艾丽，对她微笑。我赶紧把这挥走。他看她的眼神不可能跟看我的时候一样。我不想难过，我不会难过的，可是我心中充满了怨恨："他向我撒了谎！"我说过"我会伤心而死"，不错，但当时我只能这样说。那时的他对我们之间的约定比我更认真，他说我们的婚姻容不得半点阴云。有一次我们驱车行驶在法国西南圣贝特朗德科曼热乡间小路上，他催我回答："你会永远满足于我吗？"就因为我回答得不够热烈，他居然发了脾气（但是当晚我们就在乡村老客栈弥漫着忍冬味道的小房间里激情澎湃地和解了！二十年了，就像发生在昨天一样）。他使我满足，我一直为他而活。可他，为了一时的快乐，竟背叛了我们的誓言！我心里说：我要求他立即了断这件事……我去了克莱特的家，我一整天在照顾她，但心里却在翻江倒海。回到家的时候我疲惫不堪。"我要求他立即了断。"这么多年相亲相爱，什么叫"要求"？我从来没有为自己要求过任何东西，只有他想要的才是我想要的。

他把我抱住，有点迷茫的样子。他往克莱特家里打过几次电话，但是没人接（因为怕打扰她休息，电话铃声是消掉的）。他担心得厉害。

"你不会想到我去自杀吧？"

"我什么都想到了。"

他焦虑的样子给了我一丝安慰，我安静地听了他的解释。当然，他不该跟我说假话，可是我应该试着理解他；一开始不敢说后来就更不敢了：因为假话越编越多。况且我们夫妻之间一直讲究的是真诚。（我相信这些话，换了我肯定也要使劲掩饰自己的谎言。）我从来不能忍受别人说谎。吕西安娜和克莱特小时候说假话使我伤透了心。我根本无法相信有人说所有的孩子都对他们的母亲说谎。对我不行！我不是这样的母亲，也不是这样的妻子，谁也不能对我说谎。可笑的自尊。每个女人都觉得自己很特殊，每个女人都觉得有些事情是不会落到她们头上的，可她们都搞错了。

今天我考虑了很多。（幸亏吕西安娜去了美国，不然我还得给她演戏。我也不可能有这样的清静。）我去找伊莎贝尔谈了谈。她又一次帮了我。开始我还担心她不能理解我，因为她和查尔斯两人崇尚个人自由，不像我和莫里斯一直提倡夫妻之间的忠实。不过她告诉我，她也曾对丈夫充满怨恨，自己感觉处境危险，五年前她还以为丈夫会离开他。她劝我要有耐心。她很敬重莫里斯。她认为莫里斯想有外遇是可以理解的，他不告诉我也是可以原谅的，再说他一定会很快厌烦的。这种事情为什么有诱惑，就是因为新鲜；时间对努艾丽是不利的；使莫里斯看重她的东西很快会消失。只是，如果我希望我们的感情能够经受考验一如既往，我就不能扮演受害者或是恶女人的角色。"大度一些，开朗一些，而且一定要友善，"她叮嘱我说。她就是这样再次征服了查尔斯。耐心可不是我的长处。但是我不得不如此。这不仅是战略问题，也是良心问题。我获得了我想要的生活，我得对得起这一切。要是我碰到一点儿困难就趴下，那就连我自己也看不上了。我是个坚强的人，跟爸爸一样，莫里斯很欣赏我这一点；但不管怎么说我希望理解别人，设法去适应。大概伊莎贝尔说得对，一个男人在结婚二十二年以后想有个外遇，也算正常。如果我不接受反倒不正常了，至少是太天真了。

跟伊莎贝尔告别后，我不太想去看玛格丽特；但是她给我写了一封感人的短信，我不能叫她失望。收容所的会客室阴森森的，那些少女也都愁容满面。她给我看了她画的画儿，不难看。她想学装饰，至少装饰个橱窗什么的。反正她想做点事情。我对她说了法官的承诺。我也告诉她我已经提出申请，好让人家允许她星期天跟我出去。她信任我，她很喜欢我，她会等，但不是无限期地等。

今天晚上，我要和莫里斯一起出去。伊莎贝尔的建议：要想重新得到丈夫的心，应该开朗、美丽，创造两人独处的空间。我不需要重新得到他的心，因为我并没有失去他。可是我有许多问题要问他，在外面吃饭气氛会轻松一些。我不希望搞成审讯的样子。

有个小细节一直让我放不下：那天晚上他为什么手里端着一杯威士忌呢？我叫了他：莫里斯！凌晨三点把我吵醒，他一定知道我会盘问他。正常情况下他是不会那样用力摔门的。

九月二十八日星期二

我喝了很多酒，可莫里斯在笑，还说我很可爱。可笑的是，非得等到他有了外遇我们才又找到年轻时的乐趣。日复一日的生活是最可怕的，出了事情人才会意识到。圣日耳曼区跟一九四六年比变化太大了，街上的人都完全不一样了。莫里斯有点伤感地说："现在是另外一个时代了。"但我因为差不多十五年都没有进过舞厅，所以感到很兴奋。我俩跳了舞。有一个时刻他紧紧地搂着我说："我们之间什么都没有变。"我们断断续续地闲聊，不过我喝了不少酒，他说的有些话都忘了。总而言之，正像我想象的那样：努艾丽是个出色的律师，雄心勃勃；她离了婚带着女儿生活，做派很自由，喜欢社交，非常主动，与我彻底相反。莫里斯很想试试看自己能不能取悦这种女人。我也曾扪心自问"假如我愿意的话"……那时齐朗对我表示爱意，那是我这辈子唯一一次有过的暧昧感情，但我很快了断了。莫里斯跟大多数男人一样，他们身上还有一种少年式的不自信。努艾丽给了他自信。而且这也当然是肉体上的吸引，她确实蛮性感的。

九月二十九日星期三

今天晚上是莫里斯第一次在我知情的情况下和努艾丽约会。我与伊莎贝尔一起去看了一部伯格曼的老片子，然后在外面吃了牛肉火锅。我很喜欢跟她在一起。对于过去爱过的电影、小说、绘画，她还保持了少女的那种热情；现在女儿们都已离家，我就经常陪她一块去看画展、听音乐会。她跟我一样，因为结婚早没有完成学业，但她的文化生活要比我的丰富。当然啦，她只有一个儿子，而不是两个女儿。再说她也从来没有像我一样招呼病人，她丈夫是工程师，她根本没有这样的机会。我告诉她我采用了一种微笑策略，因为我觉得莫里斯对这个外遇没有特别放在心上。他前天不是对我说了吗："我们之间什么都没有变。"

可事实上，我心里还是很不踏实。十年前，他原本在西姆卡公司的职工医院有一份轻松的工作，有些单调重复，工资也不高，但闲暇时间很多，然而他不满足，有了别的打算，这就说明当时他已经对家庭生活厌烦了，他对我的感情也没有过去那么强烈了。（后来事实证明并非如此。可是我却无法参与他的工作了。过去他总给我讲那些病人的情况，讲一些特殊病例，我就试着去帮助他们。后来我就对他的研究一无所知了，诊所的病人也不需要我。）伊莎贝尔在那个时候就帮了我的忙。她劝我要尊重莫里斯的自由。我不得不放弃了我从父亲那里继承来的理念。那其实比现在不追究他的闪失更困难。

我问伊莎贝尔她是否觉得幸福，她说：

"我从来没有琢磨过这个问题，我想应该是吧。"

不管怎么说，她每天醒来的时候是快乐的。我认为她给幸福的这个定义很不错！我也一样，每天早晨我睁开眼睛的时候，我微笑着看世界。

今天早晨也是。昨晚临睡时我吃了一片安眠药，很快就睡着了。莫里斯说他大约一点回来的。我什么也没有问。

其实从身体方面，我倒不太嫉妒。我已经不是三十岁，莫里斯也不小了。我们的身体接触不很频繁，还能感到快乐，但没有什么激情。嗨！我没有幻想。努艾丽肯定是新鲜，在她的床上莫里斯一定觉得自己年轻了。这一点对我来说无所谓。如果这个女人能给予莫里斯别的东西，那我就要担心了。不过我见过努艾丽几次，而且我听到过一些看法，所以我对她有一定的了解。她所代表的完全是与我们的人生观背道而驰的东西：功利主义，附庸风雅，拜金主义，喜欢抛头露面。她没有个人的观点，也完全没有自己的品位，一味追求时尚。她搔首弄姿的时候体现的是一种暴露的欲望，这样的女人我怀疑她是否能够有真正的激情。

九月三十日星期四

克莱特今天早晨的体温降到了 36.9 度，她下床了。莫里斯说最近整个巴黎都在流行这种病，主要症状是发热、消瘦，然后逐渐好转。我也不知道为什么，看着她在这套小公寓里走来走去，我有点理解莫里斯的遗憾了。她的天分不比她妹妹低，她过去也喜欢化学，她的成绩很好，放弃学业确实很可惜。她每天做什么呢？我本来应该赞同她的选择，因为她走的是我的路，可我那时有莫里斯。她当然也有她的让-皮埃尔。但我们不喜欢这个男孩，很难想象他怎么会叫克莱特满意。

吕西安娜写来了很长的信，热切地讲述她的学业和美国的生活。

到家具店找一张适合起居室的大桌子。去近郊的巴尼奥莱镇看那位瘫痪的老太太。

既然没什么可记了为什么还写这个日记呢？开始写日记是因为太寂寞，后来继续写是心里难受，莫里斯的态度让我担心。可现在我把事情都搞清楚了，没什么可担心的了，我觉得该扔下这本日记了。

十月一日星期五

这是第一次我的反应不佳。今天早餐的时候，莫里斯对我说，以后他如果晚上和努艾丽见面的话，他当晚就住在努艾丽家。他声称这样对她对我都好一些。

"既然你对我这个关系表示接受，那就让我把它处理好。"

刨去他加班加点工作的时间，现在他跟努艾丽在一起的时间已经和跟我在一起的时间一样多了。我气急了。他埋怨我太算计。那好，就按小时算，他还是跟我在一起的时间长。但是他在家多数时候还是在看书、看报，或者是我们俩见别的朋友。他在努艾丽那儿的时候，可是全心全意顾着她。

我最终还是让步了。反正我决定要表现得宽容和理解，那就要说到做到。不能跟他正面交锋。要是我给他作难，他肯定会暗地里加倍补上，他会不甘心。要是我由着他去，他可能会很快厌烦。伊莎贝尔就是这么说的。我对自己说要有耐心。

不管怎么说，我得承认到了莫里斯这个年纪，有个外遇也不是太了不起的事。在穆然度假的时候，他肯定在想着努艾丽。我明白了他在尼斯机场的慌乱眼神，他在想我可能有所怀疑了。或者他因为对我撒了谎觉得愧疚？是愧疚还是慌乱？我记得他的神情，但是琢磨不透他的想法。

十月二日星期六上午

他俩穿着睡衣，喝着咖啡，在微笑……这种情景叫我伤心。人在碰了石头后，先感到的是碰撞，稍后才是疼痛：我在事发一个星期之后，开始感到痛了。之前我主要是感到震惊。我在试图分析理解，我避开痛点，但今天上午没有办法了，我脑子里出现他俩在一起的情景。我在家里转来转去，思绪乱极了。我打开他的衣橱。我盯着他的睡衣、他的衬衫、他的内裤和背心，我痛哭失声。另一个女人的面颊也能贴上这丝滑的绸衣、这柔软的套衫，我不能忍受。

我一直太大意了。我以为莫里斯年纪大了，工作量太大，我就应该去适应他温吞吞的态度。他已经开始把我当成他的妹妹了。努艾丽唤醒了他的欲望。不管她有没有个性，她一定是懂得如何在床上讨人喜欢。他找回了让女人满足的感觉。睡觉其实不是那么简单。他们之间产生了一种过去只有我才体会到的亲密。早晨醒来的时候，他是不是也会把她搂在胸前叫她"可爱的小鹿"、"美丽的小鸟"？或者他又发明了别的昵称？他刮胡子的时候会不会冲她微笑，眼睛亮亮的，嘴唇周围满是白色的泡沫？他出现在她家门口的时候是不是怀里抱着一大把红玫瑰，他送花给她吗？

有人似乎正拿一把锯齿特别细小的锯子在锯着我的心。

星期六晚上

多尔莫太太来了以后，我才稍稍转移了我的思绪。我和她聊了一阵，把吕西安娜没有带走的衣服让她送给她的女儿。我过去用过一个半瞎的女佣、一个成天诉苦的女佣，还有过一个女佣偷我的东西，雇她们的原因好像都是为了帮助她们，现在终于找到这个多尔莫太太，她很诚实很正常，我十分欣赏她。

我去市场转了一圈。一般情况下我能在这条街逛很长时间，这里弥漫着各种各样的味道，各种各样的声音此起彼伏，各种各样的笑容令人愉快。为了尝遍这里的水果、蔬菜、干酪、熟肉制品和鱼，我总是尽可能地变换口味。我常常在卖花的摊子上买一大束当季的鲜花。可今天，我的动作是机械的。我匆匆装满了菜篮子。别人的欢声笑语让我心痛，这是我过去从未体验过的感受。

午饭的时候，我对莫里斯说：

"说到底，咱们还没有说清楚。我根本不了解这个努艾丽。"

"怎么不了解，我把主要的已经都讲过了。"

的确，那天在四六俱乐部他给我讲过她的事情。是我没有仔细听。

"我就是不明白你觉得她哪点好，漂亮的女人多了。"

他想了想说：

"她有个优点你应该喜欢：她每做一件事都很投入。"

"她很有野心，这我知道。"

"这跟野心没关系。"

他停了下来，可能感到在我面前不该这样夸努艾丽。不过我的脸色肯定不太好看。

十月五日星期二

现在克莱特的病已经好了，但我还是成天去看她。尽管她是个好脾气，不过我估计她很快会反感了。人习惯了替别人操心，一下子想改变，为自己活着，还真是一件困难的事情。人不能陶醉在奉献这个词里：我明白奉献和索取是互不可少的，我自己其实就需要感觉到女儿对我的依赖。这方面我从来没有怨言。莫里斯过去常说："你太聪明了，因为你让别人高兴的同时，其实更是让自己高兴。"我也总是笑着回答："没错，我就是自私。"这时他眼里闪着的是一种无法形容的柔情。

十月六日星期三

昨天人家给我把那天在跳蚤市场选中的桌子送来了，是过去乡下用的那种厚重的大桌子，有点修补的痕迹，木材粗粝。现在这个起居室比我们的卧室还漂亮。尽管我心情不好，但想到他今天早晨看到这个屋子时的喜悦我还是很高兴。昨晚我出去看了电影，吃了安眠药入睡，这老一套我很快就会烦的。他自然称赞了我的品位，但是又有什么意思呢？十年前有一次他母亲生病，他去照顾了她一段时间；趁他不在，我重新布置了这个房子。我至今还记得他回来看到新的布置时，神情和语调都充满了惊喜："真叫人觉得幸福啊！"他点燃了壁炉，去买了香槟酒，还送给我一束红玫瑰。可今天早晨，他只是环视了一下，他的神情，怎么说呢？显得很严肃。

他是不是真的变了？从一方面讲，他的坦诚让我放心，因为有了婚外情，所以事情都不一样了。可如果他没有变，会发生婚外情吗？我早就感觉到了他的变化，所以暗暗地我一直在跟他抗争，我知道人如果改变了他的生活方式，那他自身一定先发生了变化。金钱，高层的交际圈，使他丧失了生活的乐趣。想想我们很拮据的时候，我巧手制作的东西总是让他兴奋不已，他常说："你太心灵手巧了！"一盆花，新鲜的水果，我亲手织的毛衣，对他来说都像珍宝一样。这个起居室，我精心装饰的起居室，有什么了不起的！跟塔尔波的公寓相比根本不值一提。那努艾丽的家呢？是什么样子？一定比我们家豪华。

十月七日星期四

　　说到底，他说了实话对我有什么好处呢？现在他经常在她那里过夜，更方便了。我琢磨着……可这也太明摆着了。他的大声撞门，手中的威士忌，都是事先安排好的。他故意让我问他。我呢，一个傻女人，还以为他是不想欺骗我……

　　……天哪！愤怒真让人痛苦。我以为他回来之前我都活不下去了。其实我又是何必呢。他也不知道该怎么对我说，他要伎俩也是不得已，也算不上太大的罪过。

　　我还是想搞清楚他对我说实话的目的，是为了我好呢，还是纯粹为了他自己的方便。

十月九日星期六

　　今天晚上我对自己很满意，因为这两天我一直比较平静。我照巴隆法官所说的给民政机关又写了一封信，因为第一封信石沉大海。我把壁炉点了起来，然后开始给自己织毛线裙子。十点半左右，塔尔波打电话来，说找莫里斯。我说：

　　"他去实验室了。我还以为你也在那儿呢。"

　　"嗯……就是说……我本来应该去的，可我感冒了。我觉着莫里斯这会儿应该回家了，那我往实验室打吧，不好意思打扰你了。"最后两句话说得很快。可我只听见他开始的犹豫："嗯……就是说"，后来又犹豫。我一动不动站在电话旁，盯着电话。我脑子里像是有一个用坏的留声机，无数次地重复这句"嗯……就是说"。

十月十日星期日

　　夜里快到十二点的时候他回来了。我对他说：

"塔尔波打过电话。我还以为他跟你一起在实验室呢。"

他并不正视我,回答说:

"他不在。"

我说:

"那你也不在。"

他沉默了一下,说:

"是的。我在努艾丽家。她求我过去看她。"

"过去看她!你去了至少三个小时。是不是你跟我说去工作的时候经常是去她家?"

"什么!这是第一次!"他愤怒地对我说,似乎他从未说过谎一样。

"一次也不行。要是你继续这么撒谎,那你那天坦白还有什么用?"

"你说得对。可我没敢……"

听了这句我气得跳了起来。我忍耐了太长时间,我压抑了自己这么久。

"没敢?我还能把你吃了!你说,还有比我更宽容的女人吗?"

他的声音也变得难听了。

"我没敢,是因为那天你开始给我算账了:努艾丽多长多长时间,我多长多长时间……"

"岂有此理!倒是你说我算计了!"

他犹豫了一秒钟,以一种让步的口气说:

"好啦!是我的错。我再不说谎了。"

我问他为什么努艾丽非要见他不可。

"她这种处境不太舒服。"他回答说。

我的怒火又一次涌上来：

"真是绝了！她从跟你睡觉的第一天起就知道你是有老婆的！"

"她撇不开这点，所以就觉得难过。"

"我妨碍她了？她想独占你？"

"她喜欢我嘛……"

努艾丽·格拉尔，这个冷冰冰的投机主义者，居然玩这套多愁善感的把戏，也太不像样了！

"那我可以消失掉，要是你们愿意！"我对他说。

他把手放在我的肩膀上：

"求你了，莫尼克，别这么说！"

他显得很痛苦，很疲倦，可是，我为什么总是在为他担心，现在我没心情去同情他。我硬硬地说：

"那你想让我怎么说？"

"不要有这样的恨。的确，我不该有这段婚外情。可现在已经如此了，我得想法子把各方面都处理好，谁都别太受伤害。"

"我可不用你可怜。"

"不是可怜！老实说，看着你难过，我一点也不舒服。可你得理解我也必须为努艾丽着想。"

我站起身，感觉自己已经无力自持。

"睡觉吧。"

今天晚上，我想莫里斯可能正在给努艾丽讲述我和他的这段谈话。我怎么以前就没有想到这个呢？他们谈论他们自己，就会谈论到我。他俩之间有默契，就像我和他之间一样。其实努艾丽不是我们生活中的小障碍，而我是他们理想生活中的大问题、大障碍。对她来说，和莫里斯在一起不是一次短暂的艳遇；她希望跟他天长地久,而且她很懂行。我最初的反应是对的,但我应该很快给他一个警告,让他在我和她之间做出选择。他或许会怨恨我一段时间,但之后他会感谢我。可是我没能这样做。我多年来总是把他的期待、愿望和兴趣当成我自己的。我仅有的几次和他不和,也还是因为替他考虑得太多。如今,我必须完全和他对立。我真是没有开仗的力气。其实我根本搞不清我现在表现出的是耐心还是无奈。最让我感到苦涩的是,莫里斯对我的忍耐视而不见。我想也许是出于男性的自尊,他不愿显示他对我心存愧疚。我难道应该做到更宽容、更不在乎、更笑容可掬吗?唉,我不知道。我从来没有对自己的行为表现这样不自信过。也许只有过一次。是在吕西安娜的问题上。可我当时能够征询莫里斯的意见。现在最叫人无法忍受的,是我的孤独无助。

十月十四日星期四

我被人操纵着。谁在操纵我?莫里斯,努艾丽,他们两个人一起?我不知道该怎么对付,是假装让步还是用力抵抗。他们想把我引到什么地方呢?

昨天在看完电影回家时,莫里斯小心翼翼地问我:他想和努艾丽一起出去过周末。作为补偿,他这几天晚上设法不去实验室工作,好多陪陪我。我一下子就火了。他的脸色也阴下来,说:"算了,不说了。"后来他缓和了,可我却因为拒绝了他一件事情觉得不安。他断定我小心眼,或者至少是不友善。他下一周肯定会跟我撒谎,度周末的事情迟早会实现……伊莎贝尔对我说过:"想办法把这个婚外情的事儿跟他一起处理好。"

临睡前,我跟他说我再三考虑之后,对我刚才的反应有点后悔,我愿意给他自由。他没有显得很高兴,反倒是眼里流露出一些忧郁：

"我明白我要求得很多，太多了。不要以为我没有愧疚。"

"嗨！愧疚！有什么用呢？"

"当然没用。我也就是这么一说。可能没有愧疚更好一些。"

我久久难以入睡，他似乎也是如此。他想什么呢？我在问自己是不是应该让步。一让再让，我让到哪里去？而且到目前为止，我没有得到任何好处。还没到时间，大概吧。这种婚外恋能自生自灭，可得等它成熟以后才会灭亡。我对自己重复着这样的道理。我有时觉得自己明智，有时又觉得自己过于怯懦。实际上我根本没有对抗的能力，因为我从来没有想到自己有权利跟人对抗。我总是期待那些我所喜爱的人不辜负我，可能期望值过高。我等待他们的理解，我甚至会请求他们。可我不会提出要求。

十月十五日星期五

我很长时间没有见过莫里斯这样开心、这样温柔了。他今天下午抽出了两个小时陪我去看赫梯艺术展。他一定是想把我们两人的生活和这段婚外情协调好。只要这婚外情不会持续太久，我完全接受。

十月十七日星期日

昨天早晨他不到八点就悄悄下了床。我闻到了他的香水味道。他轻轻地带上了卧室的门，关好了大门。我从窗口看见他认认真真、高高兴兴地擦车，嘴里似乎还哼着歌。

天很晴朗，蓝天映衬着色彩斑斓的秋叶。（让我想起从南锡返回巴黎的时候，金黄的落叶洒在灰褐色的路上。）他上了车，发动了马达，我望着他旁边的空座位，我的座位，过一会儿努艾丽就会坐在那里。他离开了停车位,一转眼汽车便不见踪影,我觉得我的心一下子空空荡荡。他飞快地跑了,他消失了,永远消失了。他再也不会回来。回来的人再也不是他。

我想尽办法消磨时间。见了克莱特、伊莎贝尔。看了两场电影:伯格曼的片子,很动人,连着看了两遍。晚上,我放了一张爵士乐唱片,点着了壁炉,对着火焰织毛衣。一般来说寂寞并不会使我难过。甚至说,偶尔独处让我放松,因为在亲朋好友身边我总是不住地操心。我看到人家的皱纹、听到人家打哈欠就紧张。我怕别人厌烦,我不能彻底说出自己的忧虑,也不能抒发自己的愤怒。远远地想他们的时候,我倒觉得很平静很轻松。去年,莫里斯去日内瓦参加了一个研讨会,我一人在家感到时间过得很快,可这个周末我却度日如年。我放下手中的毛线活,心神不宁:他俩在做什么,在什么地方,在说什么,他们怎么对视?我原以为我不会有嫉妒心理,其实根本不可能。我于是去翻他的口袋、公文包,自然是一无所获。在穆然度假的时候,她肯定给他写过信,但他办了留局自取,可以不让我知道。他一定把信都放在诊所的办公室里。如果我向他要求看这些信,他会给我看吗?

要求……谁呢?难道是那个与努艾丽携手散步的男人,那个我无法也不愿想象他此时此刻的神态和话语的男人?还是那个我爱的和爱我的男人?究竟是不是同一个人?我搞不清楚了。而且我也不清楚我是把芝麻当成了西瓜,还是把西瓜当成了芝麻。

……我用往事的回忆来麻醉自己。我把以前的照片全都拿了出来。我找出了莫里斯大学时的照片,那天我们一起在大奥古斯丁堤岸边治疗抵抗运动伤员。还有一张在科西嘉岛的山路上,他母亲送给我们的老爷车坏了。我还记得车坏了的那个晚上,在科尔特附近。我们在荒僻的山路上束手无策,焦虑万分。我说:"咱们得想法子修车。"他对我说:"先吻我吧。"我们就忘情地、久久地拥吻,似乎没有了寒冷和疲惫,似乎什么都不存在了。

太奇怪了。这意味着什么呢?我脑子里回忆起的情景没有一个不是十年以前的:在欧洲大陆的南端,巴黎解放日,从南锡返回巴黎,我们乔迁新居,那次车坏在科尔特,等等。而比较近的事情,比如在穆然度假,威尼斯之行,我的四十岁生日,这些情景,我尽管记得,却不如过去的铭刻在心。也许越是遥远的回忆就越美好吧。

我不能这样不停地给自己出题,却对答案视而不见了。我已经晕头转向。我好像不认识我的房子了。所有的物件都像是赝品。起居室的大桌子,好像凹陷下去了。我自己和家里的一切都好像在一个四维的空间里。我门外就是原始森林,或是公元三〇〇〇年的未来城市,我也不会感到惊讶。

十月十九日星期二

我们之间气氛紧张。是我的错还是他的错?他回来后我表现得非常自然,他给我讲了讲他的旅行。他们去了中部的索洛涅地区,因为努艾丽很喜欢这个地区。(她喜欢能说明什么?)当他告诉我昨晚他们在弗恩威尔酒店吃了晚饭然后在那儿住了一晚的时候,我差点跳起来:

"这么奢华昂贵的地方?"

"很漂亮的地方,"莫里斯说。

"伊莎贝尔跟我说过那是蒙美国人的地方,室内搞了很多绿色植物,很多鸟儿,还有假古董。"

"是有很多绿色植物,很多鸟儿,还有真的或假的古董。反正特别漂亮。"

我没再说什么。我感觉到他音调好像生硬起来。一般情况下，莫里斯喜欢的是那种不起眼但饭菜很好吃的小餐馆，还有风景优美游客很少的小旅馆。其实，他向努艾丽让步一次我是可以接受的，但他没必要非说自己喜欢这种庸俗的东西。莫非努艾丽真的开始影响他的鉴赏力了。八月份的时候他俩一起看过伯格曼的最新影片，是在一次专场放映的时候看的（努艾丽只看专场放映的电影，只参加豪华晚会），他居然没有觉得好。她一定对他解释说伯格曼已经过时了，她其实并没有其他的鉴赏标准。她能镇住他，因为她宣称自己无事不晓。我还记得去年在迪安娜家晚餐的时候她也在场，她先是给大家就"即兴表演艺术"上了一课，然后又非常详细地讲述了当时她辩护并且胜诉的一个案子。可笑至极。丽丝·库图里埃显出了很尴尬的样子，迪安娜也给我使眼色，意思是很抱歉请了这样的客人。但是在场的男士都兴致勃勃，听得很入神，包括莫里斯。可他平时是不会对这种哗众取宠的人感兴趣的。

其实我也不应该指责努艾丽，只是忍不住。在有关伯格曼影片的问题上，我没有跟他争执。但是吃晚饭的时候，我和他吵了起来，就因为他非说吃鱼的时候可以喝红葡萄酒。这绝对是努艾丽教给他的，规矩嘛，知道就行了，不必遵守。于是我坚持维护了鱼和白葡萄酒搭配的原则。我们吵得很激烈。真无聊！反正我不爱吃鱼。

十月二十日星期三

那天晚上莫里斯对我坦白的时候，我以为我将面对的是一种令人难堪的局面，但并不复杂。不过现在我根本搞不清自己的处境，我应该跟什么抗争，有没有抗争的必要及理由。别的女人遇到同样问题的时候，是不是跟我一样不知所措？伊莎贝尔总是对我说时间是站在我这一边的。我希望她说的是对的。迪安娜的看法是，只要丈夫对她和孩子们都好，那就不管他忠诚不忠诚。她是不可能给我什么建议的。可我还是给她打了电话，因为我想从她那里打听一些努艾丽的情况，她和努艾丽比较熟，不过并不喜欢努艾丽。（努艾丽曾经试图接近勒默西埃，被他挡住了，因为他不喜欢这种套近乎的方式。）我问她什么时候知道莫里斯和努艾丽的事情的。她先是假装吃惊，说自己跟努艾丽不是什么亲近的朋友，人家没有告诉她。她给我讲努艾丽二十一岁的时候嫁了一个特别有钱的丈夫。后来丈夫跟她离婚了——肯定是因为她不忠，但是她得到一大笔钱；她经常从前夫那里索取一些漂亮的礼物，还跟他现在的妻子处得很好，常常到他们在纳普勒的别墅去度假。努艾丽有过不少男人，当然一般都是对她的事业发展有用的人，现在估计她想要一份稳定的感情。不过要是遇到比莫里斯更有成就更有身份的人，她准会抛下莫里斯。（我更希望是莫里斯先放弃。）她的女儿十四岁了，接受的绝对是最附庸风雅的教育：骑马，练瑜伽，穿名牌服装。这女孩现在在阿尔萨斯学校，和迪安娜的二女儿是同学，别提多爱炫耀了，可同时又抱怨说她妈妈不管她。迪安娜还说努艾丽向她的客户收费极高，给自己做广告的时候特别认真，而且为了成功不择手段。我们还谈论了去年那次晚餐时努艾丽的那一通表演。竟然这些坏话叫我轻松了许多。这就好像那种往假人身上扎针的做法一样：你按照你的敌人的样子做一个假人，你拿针往某个部位扎，真人的那个部位就会受伤、变形，她的情人还能看见伤口。我们说的努艾丽的这些缺点怎么可能不被莫里斯发现呢！（我回去要告诉他一件事：去年她宣扬的那场官司根本不是她打赢的。）

十月二十一日星期四

莫里斯立刻强烈反驳:

"你这肯定是听迪安娜说的!她不喜欢努艾丽!"

"没错,"我说,"可是既然努艾丽她知道,为什么还跟人家来往?"

"那为什么迪安娜还见努艾丽呢?这都是应酬。怎么?"他有点挑衅地问我,"迪安娜还告诉你什么了?"

"反正你会说是居心不良。"

"那是肯定的,一天无所事事的女人根本不能理解有事业的女人。"

(一天无所事事的女人,这种话我最受不了。莫里斯平时不会用这样的字眼。)

"那已婚女人也不喜欢别人往自己丈夫怀里扑,"我说。

"呵,这也是迪安娜的词儿吧?"莫里斯有点嘲笑地说。

"努艾丽一定不会这么说。各执己见嘛……"

我看着莫里斯,说:

"你们俩,是谁往谁怀里扑了?"

"我已经给你讲过了。"

是,在四六俱乐部他讲过,但是不太清楚。努艾丽带着她女儿来让他诊断,女孩有点贫血,后来他就请她吃晚饭,她接受了,再后来他们就上床了。算了,我不管这些。我接着说:

"你想知道吗?迪安娜觉得努艾丽是个唯利是图的人,而且附庸风雅。"

"那你信她这些话吗?"

"努艾丽反正是满嘴假话。"

我告诉他,那场她自称打赢了的官司,实际上是布雷旺做的辩护,她只不过是助手。

"她从来没说是她自己打赢的。她很了解这个案子,而且尽了很大力。"

他不是说谎就是记性有问题。我基本可以肯定她当时说的就是她自己辩护的案子。

"不管怎么说她把功劳都拉到她自己身上去了。"

"你听我说,"他乐呵呵地说,"如果她像你说的这么差劲,那我怎么可能忍受这样的人呢?"

"我不知道。"

"我也不想向你夸她。只不过我保证她是个值得尊敬的女人。"

凡是我说努艾丽不好的话,在莫里斯看来都是嫉妒心作怪的结果。我干脆不说了。可我还是觉得她不怎么样。她让我想起我姐姐:自信、善言,看上去不在意但对外表十分讲究。似乎男人就喜欢那种俏皮和没心没肺结合起来的女孩。我十六岁的时候,姐姐玛丽兹十八岁,所有追我的男孩都被她抢走了。以至于当我把莫里斯介绍给家人的时候,我心里特别紧张。我还做过噩梦,梦见莫里斯爱上了玛丽兹。他很生气:"她太肤浅了!太虚荣了!她的光芒是假的,是造出来的,而你是真正的宝石。"那时候时兴用的词是"真实"。他说我是真实的。反正他爱的是我,我用不着再羡慕我姐姐了,我对自己很满意。可他现在怎么会喜欢这个跟玛丽兹一样的努艾丽呢?我完全搞不懂他,居然喜欢一个这么令我讨厌的人;其实,他如果还像过去一样的话,应该厌恶这种人。看来他真的变了。他现在的价值观跟过去大不相同了。也可能他只是看错了努艾丽。我真希望他尽快擦亮眼睛。我的忍耐快到头了。

"一天无所事事的女人根本不能理解有事业的女人。"这句话让我吃了一惊，也刺痛了我。莫里斯认为女人应该工作。克莱特选择了婚姻生活而中断了学业，他非常痛心，还埋怨我没有尽力劝说她。不过，他还是承认女人的成功和男人不一样。他从来没有认为我是"无所事事"的女人。过去我照顾他的病人的同时还把家管得很好，而且对女儿们也无微不至，还从来没有显得劳累，他当时就特别佩服我。他觉得别的女人不是太被动就是太急躁。我呢，显得非常平和，用他的话说就是我的生活很"和谐"。他说："你身上处处都是和谐的美。"今天他竟然像努艾丽一样鄙视"无所事事"的女人，这叫我无比恼火。

十月二十四日星期日

我现在明白努艾丽的把戏了：她想把我描绘成那种家庭妇女，尽管充满爱心，但是毫无主见。我确实喜欢跟莫里斯一起待在家里，可是对于莫里斯总是带她去听音乐会去看戏这个事情我很气愤。星期五他告诉我说他和她一起去参加了一个画展的开幕式，我火了。

"你不是讨厌开幕式吗？"他对我说。

"可我喜欢绘画。"

"要是作品好的话，我就带你去看了。"

话说得轻巧。努艾丽借给他书看，人家演的是知识女性。好吧，我不如她那么了解现代文学或者音乐。但总体来讲，我绝对不比她修养差，也不比她笨。莫里斯曾经说他最相信我的判断，因为我的意见"既合情理又单纯"。我总是准确地表达我所想的、我所感受到的，他也是如此。对我们来讲这种真诚就是最珍贵的东西。我不能让努艾丽继续诈唬莫里斯。我请伊莎贝尔帮助我完善自己。

当然我不能告诉莫里斯，不然他一定会笑话我。

她还是劝我要有耐心。她告诉我莫里斯并没有变，我还是应该尊重他，对他友善。我听了她的话感觉好了一些，因为整天疑心、愤怒和指责使我对他无法正确地了解。想当初，我们结婚的最初几年，他对他在西姆卡的工作不太满意，幼小的孩子在我们狭小的公寓里吵闹着，如果不是我们深深相爱，那段日子对他来说恐怕是苦不堪言。伊莎贝尔对我说，说到底，要不是为了我，莫里斯是不可能不完成住院实习的，所以他本来是有理由责怪我的。可是这一点我不同意。战争已经耽误了他的学业，他开始对学习感到厌烦，他希望成家立业。我当时怀孕了，这不是我一个人的事情，况且在贝当政府的统治下，堕胎是根本不可能的。不，责怪我是不应该的。他与我同样盼望婚姻生活。不过，在境况艰苦的日子里，他能够表现得乐观和温存，确实很难得。其实如果没有现在这次外遇，我绝对没有理由指责他。

和伊莎贝尔的谈话让我重新鼓起了勇气。我向莫里斯提议下个周末一起出去玩。我希望的是他能重温我们往日的快乐和默契，记起我们共同的过去。我提出去南锡。他显得有点慌乱，像是害怕无法应付那一边的不满。（我很想让她明白共享一个男人是不可能的。）他没说行也没说不行，说要看病人的情况。

十月二十七日星期三

这个周末他不能离开巴黎。也就是说努艾丽不同意。我愤怒极了，甚至第一次在他面前痛哭。他似乎很受震动，说："唉！别哭了。我想办法找个人替我！"最后他对我说他会有办法的，他也很想和我一起外出度周末。不知道真假。但明显是我的眼泪让他难过。

我去看了玛格丽特，在接待室跟她谈了一个小时。她有点等不下去了。每一天都很漫长！负责人员态度很好，可是许可证迟迟不来，我就无权带她出去。大概是民政部门疏忽了吧，我把各种担保材料全交齐了。

十月二十八日星期四

我们决定星期六、星期日出去两天。他兴冲冲地告诉我："我都安排好了！"看来他在努艾丽面前没有让步，这叫他十分自豪，特别自豪。也就是说他们争执得很激烈，也就是说她在他心里分量很重。我觉得他一晚上都很烦躁。他比平时多喝了一杯威士忌，还一支一支不停地抽烟。后来他就不厌其烦地修改我们的出行路线，而当我要他停止的时候，他很失望地说：

"怎么，你不高兴呀？"

"当然高兴。"

我并不是百分之百地高兴。努艾丽对他难道已经这么重要了吗？连跟我一起度周末都得征得她的同意吗？我现在是不是把她当成对手了？没有。我不愿意搞那种争风吃醋、你打我闹、今天你赢明天她赢的把戏。我会告诉莫里斯："我是不打算去跟努艾丽打架的。"

十一月一日星期一

那天出门的时候就和过去一模一样，我甚至以为我们就要回到从前了。刚上路时浓雾密布，后来又阳光灿烂。在巴勒迪克，在圣米耶勒，再次欣赏文艺复兴时期的雕塑家利吉埃·里希埃的作品，我们依旧像从前一样感动；记得是我给莫里斯介绍了这位雕塑家；后来我们去过了很多地方，看到了很多雕塑，但他的作品总是叫我们留连。在南锡的斯坦尼斯拉斯广场,我心里有一种异样的感觉:那是一种奇怪的、令人心痛的快乐。漫步在古老的街巷里,我紧紧地挽着他的臂弯,有时他揽我的肩膀。

我们漫无边际地聊着,常常谈到女儿们。他说他弄不懂为什么克莱特会嫁给让-皮埃尔,他本来认为克莱特能在化学或生物学科方面做得很出色,而且我们也不会对她的感情或是性爱进行任何干涉,她都很清楚。可为什么她会投入这个平庸男孩的怀抱,甚至为他放弃学业呢?

"她自己觉得这样挺好,"我说。

"我真希望她有另一种生活。"

他最钟爱的吕西安娜离开家的时候,他尤为伤心。他赞成她的独立,他想的是让她留在巴黎学医,将来与他一起工作。

"可那样她就不可能独立了。"

"当然可以。她可以一边跟我工作,一边独立生活嘛。"

通常父亲总是对女儿的归宿有一些想法,结果女儿一般都不会按照他的想法进行选择。母亲则比较容易接受女儿的主意。克莱特需要的首先是安全感,而吕西安娜需要的是自由。我很理解她们两人。她们的个性很不同:克莱特敏感软弱,吕西安娜却泼辣好强,我觉得她们俩都很优秀。

我们住进了二十年前住过的那家小旅馆,同一个房间——也许是不同楼层。我先躺下了,看着他穿着那身蓝色的睡衣,光着脚在已经磨损的割绒地毯上来来去去。他显得既不快活也不难过。我眼前不停闪现的是他多年以前的样子,清晰得像是在昨天:当时他穿的是黑色的睡衣,光着脚在同样的地毯上;他把领子竖起来,领角夹着他的脸,他兴奋得像个孩子,说得天花乱坠。我明白我这次来这里就是想找回那个深爱我的男人。这些年来,尽管我记忆中的画面常常如薄透的纹布一般叠罩在我眼中的他上，可我一直没有再遇到他。今晚，就在这相同的场景中，我眼前这个男人点燃了香烟，我的记忆似乎就像烟灰一样跌落了。我突然醒悟：时光不再了。我一下子痛哭起来。他坐在床边，温柔地揽住了我，说：

"亲爱的，小宝贝，不要哭，你哭什么呢？"

他抚摸我的头发。他吻着我的前额。

"没什么，没事了，"我说，"我很好。"

我感觉好多了，房间里的光线很柔和，莫里斯的唇和他的手都很温暖；我把自己的嘴贴在他的嘴上，把手伸进他的睡衣。他却像触电似的，猛地站起来，把我向后一推。我轻声说：

"我让你这么讨厌吗？"

"你疯了吗，亲爱的！我都累瘫了。我们走了一天了。我得睡觉了。"

我蜷缩在被子下面。他睡下，熄了灯。我觉得自己像是被埋在坟墓里，血液凝固在血管里，既不能动也不能哭。我们自从穆然度假以后就没再做过爱；再说，那时候那也不能算做爱……我直到凌晨四点左右才睡着。我醒来的时候，他从外面回来，穿戴整整齐齐的，当时大约九点。我问他去哪儿了。

"出去转了一圈。"

可是外面在下雨，他没穿雨衣，他并没有被淋湿，他一定是去给努艾丽打电话了。她要求他打电话。就这么一个可怜的周末，她居然都不能把他整个的留给我。我什么也没说。这一天就这样混过去了。我们彼此都明白对方在强颜欢笑。我们商定回巴黎晚餐，然后去看一场电影。

他为什么推开我呢？街上还有人找我搭讪，电影院里还有人单膝跪着跟我调情；我比年轻的时候胖了一点儿，只有一点儿。生了吕西安娜以后我的乳房有点松弛了，但十年以前莫里斯还说很漂亮。还有那个齐朗，两年前曾拼命地追求我。不对。莫里斯昨夜触电一样跳起来，是因为他心里想着努艾丽，为此他没法接受和另外一个女人睡觉。如果他真的如此在意她，同时她又想方设法地吸引他，那事情就比我原来想象的要严重多了。

十一月三日星期三

莫里斯对我出奇的好，他为他在南锡的表现后悔。但是他不再跟我接吻了。我觉得自己被全世界所厌弃。

十一月五日星期五

我表现得不错，但真是费了很大的劲！幸好莫里斯事先告诉了我。（尽管他说了，可我还是认为他不该让她来。）我本来想待在家里，可他再三要求，况且我们也不常出门，我就答应去参加这个鸡尾酒会，不然朋友们会奇怪我为什么不来。或许他怕的是人们会特别理解我为什么不来？我注视着库图里埃夫妇，塔尔波夫妇，所有这些经常到我家来的朋友，不知道他们对莫里斯的事情知情到什么地步，也不知道努艾丽有没有和莫里斯一起在她的家里请过客。塔尔波和莫里斯不算太近的朋友，不过自从那天他打电话以后，他肯定明白莫里斯瞒着我不少事。库图里埃应该什么都知道。我想得出他怎么替莫里斯遮掩："我当然是跟你一起在实验室的啦。"其他人呢？他们怀疑吗？嗨！过去我还一直为我们这对模范夫妻而骄傲。我们过去给人展现的是爱情不会因婚姻而平淡的范例。多少次我把自己当做完美婚姻的代表！模范夫妻土崩瓦解了！剩下的是不忠实的丈夫，还有整天面对谎言的妻子。我承受的这些耻辱都是努艾丽造成的。我简直无法相信。好吧，就算她是个漂亮女人，可平心而论，她是多么矫揉造作啊！她那浅浅的微笑，略歪着头倾听别人说话的样子，还有猛地扬起头，咯咯大笑的劲头。她显得个性很强，但又很有女人味。面对莫里斯，她跟去年在迪安娜家一样：有距离，可又很亲密；他呢，也跟去年一样，傻乎乎很崇拜的样子。跟去年一样这个蠢丽丝·库图里埃也是一副很尴尬的表情。（难道去年莫里斯就迷上努艾丽了？难道别人都看出来了？我倒是记得他当时很入神的模样，不过想不到后来居然走到了这一步。）我开玩笑地说：

"我觉得努艾丽·格拉尔挺可爱的。莫里斯还挺有眼光。"

她瞪大了眼睛：

"怎么！你全知道了？"

"那当然了！"

我请她下个星期到我家坐坐。我想搞清楚谁都知情、谁不知情、从什么时候开始的。他们同情我吗？他们嘲笑我吗？我大概太小心眼儿，但我真的希望他们全都死光，让我这个可悲的形象就此消失。

十一月六日星期六

和莫里斯谈过话以后，我又不知所措了。他心平气和，而且很有诚意。谈到昨天酒会的时候，我也非常恳切地向他讲述了我对努艾丽的看法。首先，我不喜欢律师职业，因为律师为了赚钱，完全可以给坏人辩护，而让好人吃亏。他们根本没有是非观念。莫里斯说努艾丽从事这行业的方式是很正的：她不是什么案子都接；她确实向有钱人收很高的费用，但对不少有困难的人她也会分文不取。她不是受利益驱使的人。她买下事务所的时候，她的前夫资助了她，这也无可厚非，因为他们保持着朋友关系嘛。（她与他保持良好关系的目的难道不是想得到他的资助？）她想成功，如果选择适当手段，也无可指责呀。这时我控制不住了：

"你现在会说了，可你从来没有为了成功想方设法地达到自己的目的。"

"我那时从综合科医生转到专科，就是觉得自己停滞不前。"

"你没有停滞不前。"

"从思想认识的角度看，是停滞不前了。我知道自己的潜力没有发挥出来。"

"就算是吧。但你不是非要成功不可的人，你只是想继续进步，多解决一些问题。你不是为了名和利。"

"对一名律师来说，成功也不一定意味着名和利，他们也是为很多正当的事辩护的。"

我说，无论怎样，反正努艾丽离不开上层社会的交际圈。

"她工作很累，需要放松，"他回答我说。

"可为什么非得在那些宴会、专场和高级夜总会才能放松呢，我觉得挺荒唐。"

"荒唐？从何说起呢？各种娱乐活动都有它荒唐的成分。"

这些话真把我气疯了。他一向是和我一样讨厌那种交际应酬的！

"反正，只要听努艾丽说上五分钟的话，就能感觉出她这个人不真实了。"

"真实……什么意思？这个词儿人们都用滥了。"

"你是第一个用的。"

他没说话。我接着说：

"努艾丽让我想起玛丽兹。"

"什么呀。"

"我敢保证她跟她很像,都是那种觉得欣赏日落纯属耽误工夫的人。"

他笑了:

"跟你说吧,我也很少欣赏日落。"

"行了!你跟我一样热爱大自然。"

"好吧。可是为什么别人都得跟我们一样呢?"

他这是胡搅蛮缠,我火了:

"你听着,"我说,"我就跟你通知一声,我不打算和努艾丽争你;要是你觉得她比我好,那是你的事。我不会和她斗的。"

"谁让你去斗了?"

我不会斗的。可我突然很怕。莫里斯可能觉得她比我好吗?我还从来没有想到这一点。我清楚,就算不用"真实"这个词——也许太书呆子气了,我也拥有某些努艾丽所不具备的优点。"你是个优质品,"爸爸过去常常不无骄傲地这样说。莫里斯也说过,用词不一样罢了。我交朋友也看重这种优点,例如莫里斯、伊莎贝尔,莫里斯其实跟我是一样的。不可能。他不可能欣赏努艾丽这样假惺惺的人多过我。她是英文里说的"cheap"(廉价)的人。但是他现在已经接受了许多我认为无法接受的东西,这使我很担心。有生以来第一次,我感到我们之间的距离越来越大了。

十一月十日星期三

我前天给齐朗打了电话。唉!我很难为情。我需要知道还有没有男人喜欢我。结果是肯定的。可又有什么用呢?我对他的感觉还像过去一样平淡。

我没有打算和他上床,不过也没有决定断然拒绝他。去见他之前我认真打扮了一番,我用香盐泡了澡,还涂了脚趾甲。真叫人想哭！与两年前相比，他并没有老，但瘦了一些，他的脸更帅气了。我不记得他居然如此英俊。他急切地想见我，肯定不是因为没有女人喜欢。可能是想追忆一下过去，我担心，十分担心他对我失望。但是他没有。

"总体上，你生活得幸福吗？"

"如果我能经常看到你，或许我会感觉幸福。"

我们在先贤祠后面一家很温馨的小餐馆吃的饭，馆子里放着新奥尔良的老唱片，都是很有趣的歌曲。齐朗几乎认识餐馆里所有的人：跟他同行的画家、雕塑家、音乐人等等，都是年轻人。他自己还唱了一首，吉他伴奏。他还记得我以前喜欢的音乐和我喜欢吃的东西，他给我买了一枝玫瑰，他对我真是体贴备至，让我意识到莫里斯现在对我是多么冷漠。他也不停地说些有点俗套的恭维话：我的手如何如何，我的微笑、我的声音如何如何。渐渐地我沉浸在这种温柔的气氛中，忘记了此时此刻莫里斯或许正在对着努艾丽微笑。不管怎样，我也有人对我微笑。他在一张餐巾纸上给我画了一小幅画像，我的确不像见不得人的老女人。我喝了酒，不多。当他问我是否可以到我家再喝一杯的时候，我同意了。（我告诉他莫里斯去乡下了。）我倒了两杯威士忌。他没有任何动作，但他的眼神在询问。看到他坐在莫里斯常坐的位置，我突然感觉这一切很荒唐，我的快乐心情瞬间消失。我颤抖起来。

"你冷吧。我去把壁炉点着。"

他向壁炉跑去，冲得过猛，他碰倒了一座小木雕，那是我和莫里斯去埃及旅游时买的，我非常喜欢。雕像竟摔断了！我惊叫了一声。

"我给你接一下，"他说，"这不难。"

可他像是被震住了，因为我叫了一声，我叫的声音很大。过了一会儿，我说我很累，我想去睡了。

"什么时候再见面？"

"我会打电话的。"

"你不会的。现在就约好日子吧。"

我随便说了一天。我会取消的。他走了，我傻傻地愣着，两只手各捧着一截摔断的雕像。我哭了起来。

当我告诉莫里斯我见到齐朗的时候，他好像噎了一下。

十一月十三日星期六

我每次都以为自己已经跌落到底了。可之后我却更深地陷入疑惑和痛苦之中。丽丝·库图里埃像个孩子似的被骗了一回，我都在想她是不是故意受骗的……莫里斯这件事情其实已经持续了一年多了。十月份他去罗马的时候，努艾丽也去了！现在我明白他在尼斯机场的眼神了：悔恨，羞耻，惧怕被人发现。人经常在事后给自己分析事前的预感。可这一次，我没有编造任何内容。那天飞机起飞的时刻，我的心一下子空了，我感觉到了某种东西。也许有时候人在委屈懊恼中找不到语言来描述，可感觉的确存在。

丽丝走了以后，我在外面徘徊了很久。我完全懵了。我现在意识到，莫里斯向我承认他的婚外情的时候我并不是很惊讶。当时我问他的问题也不是随便说出口的："你有别的女人了？"他的心不在焉，他的屡屡晚归，他的冷漠，都使我下意识地想到了这种可能。我还是不太相信。但我已经有一定的思想准备。然而在丽丝给我讲述的时候，我却真的像是掉进了万丈深渊，摔得粉身碎骨。整整一年了，他们偷情都一年了，很长的关系了。他取消我们那次去阿尔萨斯的旅行时，我还说："我就为战胜白血病的事业牺牲一下吧。"可怜的傻瓜！不是为了白血病，是为了努艾丽。上次在迪安娜家吃饭的时候，他俩已经是情人了，丽丝早就知道。迪安娜呢？我回头问问她。谁知道这件事没准持续了更长时间呢？两年前努艾丽的男朋友是路易·贝尔纳，可是说不定她脚踩两只船。我居然一直被蒙在鼓里！这是莫里斯和我两口子的事情！肯定所有的朋友全都知道！嗨！这有什么要紧？我现在轮不着计较别人说什么。我现在根本什么都不是。人家对我的印象，我才不管呢。我得活下去。

"我们之间什么都没有变！"我怎么连这句话都没有理解呢。也许他的意思是反正这事已经持续一年了，所以没有别的变化？或者他任何意思都没有？

他为什么骗我呢？他认为我无法接受事实？还是他有愧？那为什么他又对我说了？大概是因为努艾丽不想继续偷偷摸摸的了？无论怎样，我经历的这一切太可怕了。

十一月十四日星期日

唉！我真应该什么都不说。可是我从来没有对莫里斯隐瞒过，隐瞒过任何重要的事。我心里藏不住他的谎言和我的绝望。他一拍桌子："无稽之谈！"他的样子把我吓坏了。我熟悉他生气的样子，我喜欢他生气的样子；当别人对他有不正当要求的时候，他总是紧紧抿住嘴角，眼睛里露出愤怒。可这一次是对我愤怒，或者说基本上是冲着我的。不对，努艾丽没有跟他去罗马。不对，他在八月份以前没有和她睡过觉。他确实时常与她见面，别人可能会碰到他们两人在一起，但没有别的。

"谁也没有碰到你们，是你把一切都告诉了库图里埃，他又告诉了丽丝。"

"我不是说了吗，我有时和她见面，不是跟她睡觉。丽丝给你瞎编。你给库图里埃打个电话，问问他实情。"

"这怎么可能呢。"

我哭了。我本来下决心不掉眼泪,可是没做到。我说:

"你还是全说了吧。如果我真的掌握了所有情况,我也许能想办法好好面对。可是让我成天猜疑,蒙在鼓里,我是没法忍受的。既然你只是和她见面,那怎么不对我说呢?"

"好吧。我跟你全说了。但是你要相信我。去年我跟努艾丽发生过三次关系,但那根本不是认真的。她也没有跟我去罗马。你相信吗?"

"我不知道。你已经骗了我那么多次!"

他显示出很大的绝望:

"那我该怎么办才能让你相信呢?"

"你没有办法。"

十一月十六日星期二

在他回家的时候,他对我微笑,他拥抱我,说"你好,亲爱的",他还是莫里斯,他的动作、神态、热情、味道都没有变。这个时候,我会感觉到一种温暖,因为他在我身边。我好像能够理解迪安娜的看法: 就这样,不去追究别的,这不是挺好吗?但是我忍不住。我想知道是怎么回事。首先,他晚上什么时候去实验室?什么时候去她家?我不能打电话,他肯定能知道而且会恼怒。跟踪他?去租一辆车跟踪他?或者就去查查他的车在哪里?这不正大光明,有点恶毒。可我得把事情弄清楚。

迪安娜说她一点儿也不知道。我让她从努艾丽那儿套出话来,她说:

"她太精了,她根本不会说的。"

"是我告诉你她和莫里斯的事情的。如果你跟她说我的话,她一定会回答几句的。"

她答应帮我打听，反正她认识不少努艾丽的熟人。要是我能搞到一些有关她的丑闻，让莫里斯知道知道就好了！

没必要再找丽丝·库图里埃了。莫里斯一定跟她丈夫叮嘱好了。如果她丈夫告诉莫里斯我又找过她，算了，那可就麻烦了。

十一月十八日星期四

第一次我去实验室探查莫里斯的时候，他的车就在楼下的停车场。第二次不是。我跟着它一直到了努艾丽家门口。我还没有费工夫就知道了：真是沉重的一击！我爱我们的汽车，它就像是一只忠实的家犬，它让我觉得安全可靠；可突然我发现它帮助他背叛我，我开始憎恨它。我愣愣地在楼门口站了一会儿。我想等他从努艾丽家出来的时候，猛地出现在他眼前。这肯定会叫他恼羞成怒，但我真的很迷茫，我必须做点什么，不管是什么。我给自己分析。我对自己说："他撒谎是为了不伤害我。他不想伤害我，是因为他心里有我。从某种角度看，要是他心里没我，那事情就更严重了。"我几乎快要说服自己的时候，又受到了沉重的一击：他俩从楼里出来了。我藏了起来。他们没有看见我。他俩步行向大街一头一家不小的啤酒店走去。他们手挽着手，有说有笑，走得很快。我其实应该无数次想象过他们手挽着手有说有笑的样子。但我从来没有真的想过。我也没有真的想过他俩在床上的样子，我不敢想。但亲眼看到是另外一回事。我浑身颤抖起来。我顾不得天气寒冷，赶紧坐到街头的一张长椅上。我颤抖了很长时间。回到家我就躺下了，他半夜到家的时候我假装睡着了。

可是昨天晚上他对我说"我要去实验室"的时候，我问道：

"真的吗？"

"当然。"

"可星期六你去的是努艾丽家。"

他盯着我，眼神冰冷，似乎比愤怒更可怕：

"你在跟踪我！"

我的眼泪涌出来：

"这关系到我的生活、我的幸福。我要实话。可你却继续在撒谎！"

"我只是不想吵架，"他烦躁地说。

"我没跟你吵过。"

"没有吗？"

他把每次我询问这件事都当做吵架。于是我很不高兴，声音也越来越大，结果真的吵了一次。我又说起罗马的事，他还是否认了。她确实没有去吗？那次他去日内瓦的时候，她也去了吧？我真想知道一切。

十一月二十日星期六

吵架，没有。但我的确不会处理。我控制不住自己，我说的话使他恼火。我承认，他每发表一个意见，我就会反驳，因为我觉得那是努艾丽灌输给他的。实际上，我并不反对视觉艺术。可是看到他对这种东西充满热情，我就生气，一定是努艾丽整天对他吹风。为此，我非常愚蠢地批判，说这根本不是艺术；当他辩解的时候，我就攻击他说，他以为赶赶时髦就能让自己返老还童啦？

"你没必要这样发火。"

"我发火，是因为你光想跟上潮流，连一点批评的意识都没有了。"

他耸了一下肩膀，什么也没说。

我去看望了玛格丽特。和克莱特一起待了很长时间。可是这些都没有什么可记的。

十一月二十一日星期日

关于和莫里斯的事，努艾丽只讲了一点儿没意义的话——迪安娜告诉我的，现在我也不太相信她。这种状况对谁来说都不好过，但是我们肯定能达成一种平衡。我当然是一个好女人，不过男人有时候也喜欢另类的。她对未来有什么打算？她回答："走着瞧吧，"差不多是这句话。她没有多说。

迪安娜给我讲了一件事，可是有点过于专业了，我没法利用。努艾丽曾经骗取了同行的一个大客户的信任，这个客户现在把他的所有事务都从那个同行那里转到了努艾丽手下，为此她差点被律师协会起诉。这种做法在律师行业是见不得人的，所以努艾丽应该完全清楚。莫里斯一定会跟我说："无稽之谈！"我告诉他听说努艾丽的女儿抱怨说妈妈不管她。

"这个年纪的女孩子，谁不抱怨自己的母亲呢！你不记得吕西安娜前些年有多么难管吗？努艾丽对她女儿挺在意的。她教她学会独立思考，独立处理事情，她这样做很好。"

这真是搬起石头砸了自己的脚。他本来就觉得我作为母亲管得太多。我们俩甚至为此吵过多次。

"这孩子看到有男人来跟她母亲过夜，难道不别扭吗？"

"努艾丽的家很大，而且她很小心。再说，她告诉过女儿，自己离婚后是有男朋友的。"

"这母女之间可够贴心的。说实在话，你不觉得有点出格吗？"

"不觉得。"

"我永远想不出怎么跟克莱特和吕西安娜说这种事情。"

他没有说话，这就意味着，他认为努艾丽教育孩子的方式比我的好。我感到很受伤：努艾丽显然采用的是对她自己最方便的教育方式，而不是为孩子的利益着想。而我则恰恰相反。

"总体上说，"我问他，"努艾丽做的一切都是好的，对吧？"

他不耐烦地摇了摇头：

"噢！别成天跟我说努艾丽了！"

"那怎么可能？她已经融入你的生活，而我关心你的生活。"

"呵！我的生活你可并不都关心。"

"什么意思？"

"我的职业生活。你似乎并不关心我的职业生活。你从来不问。"

这种反驳太无耻了。他明明知道，自从他成为专科医生，我已经没法理解他的专业领域了。

"我能问什么？你搞的研究我一窍不通。"

"可是连我写的科普文章，你都从来不看。"

"我不认为医学和别的科学一样。我关注的是医学与病人的关系。"

"你总该对我做的事情有点好奇心吧。"

他声音里带有一些怨气。我冲他温柔地笑了。

"那是因为我爱你，而且对你做的事情充满了敬意。如果你成了举世闻名的大学者，我都不会吃惊，我知道你有这个能力。不过在我看来，这没有很大的意义。你明白我的意思吗？"

他也微笑着说：

"当然。"

对于我不关心他的事业的问题，他已经抱怨过几次了，到目前为止，我对他的不满并不在意。可现在我忽然觉得我太傻了。努艾丽看他的文章，评论他的文章，她歪着头，嘴角挂着一种崇拜的微笑。但是我怎么修正我的态度呢？打补丁肯定是太显眼了。这种谈话真是很费劲。我肯定努艾丽不是一个好母亲。这样干巴巴、冷冰冰的女人不可能像我一样给予女儿那么多。

十一月二十二日星期一

不，我不能跟努艾丽学，而是要突出自己的长处。莫里斯以前一直称赞我对他照顾得无微不至，可现在我有点忽略了。我花了一整天来收拾衣橱。我把夏天的衣服都装了起来，拿出了卫生球，把冬天的衣服晾了晾，摆放整齐。明天我去给他买一些袜子、毛衣和睡衣之类的东西。他也需要两双新皮鞋，这等他有空的时候一起去买。看着壁橱里的衣物整理得井井有条，我心里很安慰。充足而安全……一叠叠的手帕、短袜、毛衣，我感觉未来不可能辜负我。

十一月二十三日星期二

我羞愧难当。我本该想到这个。莫里斯中午回家吃饭的时候脸色难看极了。他一进门就劈头盖脸地说起我来：

"你怎么能信任迪安娜呢？有人告诉努艾丽，迪安娜正在律师圈子和她的朋友圈里调查她，而且到处宣传说是你让她干的。"

我脸红了，非常难堪。莫里斯从来没有对我的行为进行过评判，他是我的依靠，可如今我却像被告一样，多么耻辱啊！

"我只是问了问她努艾丽的为人怎么样。"

"那你应该问我，不该弄得满城风雨。你以为我看不出努艾丽的方方面面吗？你错了。我了解她的优点，也清楚她的缺点。我又不是情窦初开的小青年。"

"那我也不相信你的观点会很客观。"

"那你觉得迪安娜和她的朋友们就客观吗?她们其实只会说坏话。你也别想她们能说你什么好话。"

"那好,"我说,"我去告诉迪安娜不要再打听了。"

"快点吧!"

他出于好意转了话题。我们就客客气气地聊了一会儿。可我确实羞愧难当。是我自己让他看不起我了。

十一月二十六日星期五

在莫里斯面前,我总觉得他像法官在审我。他并不告诉我他对我的看法,这使我很不踏实。过去我了解他对我的看法,甚至可以说他眼中的我就是我喜欢的自己。现在我问自己:"他眼中的我是什么样的呢?"是不是小肚鸡肠,充满嫉妒心,还四处张扬,甚至心怀恶意(背地里搞调查)?这太冤枉我了。他给努艾丽讲了多少事情,难道他不明白我对这个女人是多么好奇,又是多么担心吗?我不喜欢满城风雨,可就算搞得满城风雨,我也是有理的。况且他现在已经不提这件事了,他特别和气。可是我也发现他不再跟我说知心话了。有时候我从他的眼里看到……不算是怜悯,应该可以说是:略微的讥讽?(当我告诉他我和齐朗一起出去的时候,他看我的眼神很奇怪。)对了,好像是他看穿了我,觉得我有点叫他感动,也有点可笑。比方说那天他发现我在听施托克豪森的音乐,他向我提问的语调真是难以形容:

"哎哟,你听起现代音乐啦?"

"伊莎贝尔借给我几张她喜欢的唱片。"

"她喜欢施托克豪森?什么时候的事儿啊?"

"最近的事儿。人的爱好是可以变的。"

"那你呢，你喜欢吗？"

"不喜欢。我听不懂。"

他笑了，他吻了我一下，似乎我坦率的回答让他放了心。其实我是故意这么回答的。我看出来他明白我为什么听这个音乐，要是我说喜欢，他是不会相信的。

结果呢，我不敢跟他谈论我最近读过的几本书了，尽管有些"新小说"我还是蛮喜欢的。他肯定立刻会想到我在跟努艾丽竞赛。现在成天在耍心眼，事情变得太复杂了。

跟迪安娜无法解释清楚。她以她孩子的名义保证，她绝对没有说她在替我打听。一定是努艾丽自己猜的。她承认和一个朋友说过："这会儿我想了解了解努艾丽·格拉尔这个人。"但是她没有提到我的名字。她肯定是不够谨慎。我对她说到此为止了。她显得很委屈。

十一月二十七日星期六

我应该学会控制自己、观察自己，可是这与我的个性太不相符！我本来是心直口快、胸无城府的，也是平静乐观的，但现在我整天忧心忡忡，怨天尤人。看到他一吃完饭就拿起杂志，我忍不住想："在努艾丽家他不会这样，"于是这句话就脱口而出：

"你在努艾丽家不会这样吧！"

他眼中闪过一道雷电。

"我就是想看一眼这篇文章，"他的语调很沉稳。"你不要这样动不动就发火。"

"这也不能怪我，现在什么都让我生气。"

他沉默了片刻：吃饭的时候我给他讲了我这一天是怎么过的，完了就无话可说了。他想了想，说：

"你看完王尔德的书信集了吗？"

"没有。我没读下来。"

"你不是说挺有意思的……"

"我对王尔德根本没有兴趣，而且我也不想跟你谈这个！"

我到唱片架子上去找了一张唱片：

"你想听听你买的这张声乐套曲吗？"

"好啊。"

我听了一会儿，我感觉嗓子哽咽起来，音乐只是我们互相逃避的借口。除去他不愿谈论的那件事，我们之间已经无话可说。他非常体贴地对我说：

"你怎么哭了？"

"因为你跟我待在一起很心烦。因为我们之间没有话说。你在你我之间竖起了一道栅栏。"

"是你在竖栅栏，你在不停地找茬儿。"

我一天比一天加剧地激怒他。我并不想这样，但潜意识里又有点希望这样。当他显得快活的时候，我就想："你的日子太好过了。"所以我总是找各种借口扰乱他的平静。

十一月三十日星期一

不知道为什么莫里斯还没有提到冬季滑雪的事。昨晚看完电影回家的时候，我问他今年想去哪儿。他漫不经心地说，还没有考虑。我立刻疑心起来。我现在感觉非常灵敏，再说可疑之处确实很多。我坚持让他说。他没有看我就很快地说：

"你想去哪儿就去哪儿，不过我先告诉你一声，我也打算跟努艾丽一起去库尔舍维勒① 玩几天。"

我总是觉得自己已经预料到最糟糕的情形,但情形总是比我预料的更糟糕:

"去几天?"

"十几天吧。"

"那和我待几天?"

"十几天。"

"太过分了!你把一半的假期都用来陪努艾丽!"

我气得说不下去。我终于把这句话说出来:

"你们俩商议好的,连我都不问一下?"

"没有,我还没有对她说,"他说。

我说:

"好啊!继续这样!别跟她说啊。"

他平静地对我说:"我真的想跟她出去玩几天。"他的话里有一种隐形的威胁:你要是不让我去,那你也别想痛痛快快地在山上玩儿。我觉得这种把戏令人作呕。我让步让得还少吗!我什么都得不到,还心里难过。我得勇敢面对。他这事已经不是什么偶然出轨了,他分明是把他的生活分成了两部分,而我这部分是小部分。够了。我要跟他摊牌:"要她还是要我?"

十二月一日星期二

我没有搞错,他就是在捉弄我。在向我坦白之前,他把我狠狠地折腾了一番,就像斗牛场上折腾牛一样。坦白的话也充满疑点,可能藏着另外的捉弄。我能信他吗?八年来我是清醒的。他说不

---

① Courchevel,法国阿尔卑斯山区的滑雪胜地。

对。难道说他那个时候就骗我了？事实究竟是什么？有没有事实？

我着实把他激怒了！难道我骂得确实那么难听吗？我不记得我说了些什么，我当时真的已经失去了理智。我想刺痛他，这是肯定的。我做到了。

不过开始的时候我是冷静的："我不想跟人家分享你了，你得选择一下。"

他显得十分惊愕，像是在说："我早就知道！你迟早要说这个！那我怎么办？"他嬉皮笑脸地说：

"求你了。别让我跟努艾丽断。现在不行。"

"就是现在。这件事持续的时间够长了，我忍耐的时间也太长了。"

我盯着他说：

"说到底，你最喜欢谁？是她还是我？"

"当然是你，"他的语调很平。然后他又说，"可是我也想和努艾丽在一起。"

我不让步：

"说实话吧。你最想要的是她！那好！去找她吧。离开这儿。快点走。拿上你的东西，快走。"

我从壁橱里拿出他的箱子，我把衣服乱扔在里面，摘衣架。他抓住我的胳膊说："不要这样！"我继续装箱子。我想让他走，我真的想这样，我是真诚的。因为我不相信他会走。这就像一种揭露真相的心理测试。是真相，但要测试。我喊着：

"去找那个婊子、骗子、那个恶毒的女律师吧。"

他抓住我的手腕：

"收回你说的话。"

"不。她就是个坏女人。她凭吹捧把你引诱了。你更愿意要她,因为你喜欢让人捧着。你把我们的爱情看得一钱不值。"

他又说:"你闭嘴。"可我继续说。我把我心里对努艾丽的想法和对他的想法全说了。我记得差不多。我说他像个傻瓜一样让人家灌输观点,说他现在变成了附庸风雅和见利忘义的人,说他不再是我过去所爱的男人,说以前的他是有良心的,愿意为别人奉献,现在他是刀枪不入了,自私自利,只想着自己的成功。

"谁自私自利?"他冲我叫嚷。

他抢过话头。他说我才是自私自利的人,是我当年叫他放弃了学业,想让他一辈子当一个平庸之辈好守在家里,他说我嫉妒他的工作,只知道拖后腿……

我大喊起来。他当年中断住院实习完全是心甘情愿的。他爱我。确实,他不想那么早结婚,这我知道,也许我们当时应该想想别的法子。

"你不要说了!咱们一直是幸福的,非常幸福,你还说过你活着就是为了我们的爱情。"

"当时的确如此,而且你也没有允许我为别的事情活着。你应该想到有一天我会为此痛苦。可是当我希望有所改变的时候,你竭尽全力阻止了我。"

我不记得还说过什么话,反正我们吵得很厉害。总而言之我就是一个占有欲、控制欲极强,专制粗暴的女人,对他如此,对待女儿也如此。

"就是因为你,克莱特才会那么愚蠢地嫁人;也是为了躲开你,吕西安娜才远走高飞。"

这话把我彻底激怒了,我再一次高喊起来,痛哭流涕。我说了一句:

"如果你觉得我这么糟糕,那你怎么还能爱我呢?"

他的话像刀剑向我袭来：

"我早就不爱你了。十年前你跟我闹过那次以后，我就不爱你了！"

"你胡说！你胡说，你就是想让我难受！"

"是你在骗自己。你总说你喜欢真相，那我就告诉你真相。完了咱们再做决定。"

也就是说，这八年来，他不爱我了，他有过不少女人：有两年他跟那个年轻的佩乐兰在一起；还跟一个来自南美的病人有过关系；还有诊所的一个护士；再就是这一年半以来的努艾丽。我怒吼了一声，我的神经要崩溃了。这时他给了我一片镇静药，他变换了声调：

"听我说，我刚才说的有些话并不是真心的。只是因为你太不讲理了，弄得我也失去理智了。"

但不管怎么说，他背叛了我，这是真的。但他心里还是有我的。我让他走开。我怔怔地待在那里，试图把这么多事情梳理梳理，搞清楚什么是真，什么是假。

我想起一件事情。三年前的一天，我从外面回来的时候，他没有听见。他正在对着电话笑，那种笑声显得既温柔又亲密。我没听到他说的话，只注意到了他甜蜜的声调。我感觉天旋地转，似乎在另一个世界里，我不敢相信莫里斯会背叛我。我大步流星地走近他：

"你在给谁打电话？"

"给我的护士。"

"你对她态度真好啊。"

"噢！她是个可爱的姑娘，我很喜欢她，"他十分自然地对我说。

我相信了他的话,我还在这个世界上活着,这个男人还爱着我。况且,即便我看到他跟别的女人在床上,我可能也不会相信自己的眼睛。(但是,我记得这一幕,使我心痛的这一幕。)

他跟别的女人上过床,他真的不爱我了?他对我的责骂有多少是真的?他明明清楚当年中断学业和结婚的事情是我们两人共同的决定,甚至一直到今天上午以前他还从来没有否认过这一点。他一定是为他的出轨行为找借口,假使我犯了很多错,他自己的过失就不那么严重了。那为什么他选择的理由是这些呢?为什么谈到女儿的时候他竟说这么伤人的话?我为我的两个女儿自豪,我把她们都培养得很好,她们性格不一样,走的路也不一样。克莱特像我一样愿意为家庭奉献,我凭什么要干涉她?吕西安娜想独自去闯世界,我根本没有阻拦她。为什么莫里斯这么怨恨我呢?我头痛得厉害,什么也想不清楚了。

我给克莱特打了电话。她立即赶来了,到半夜才离开。她让我感觉好了,又感觉糟了,我都不明白什么感觉是好的、什么感觉是不好的了。她说我并不专制,也不是占有欲和控制欲极强的女人,她肯定地告诉我,我是最理想的母亲,而且我跟她父亲非常和谐。吕西安娜是那种不愿意让家长管的孩子,但这不是我的错。(吕西安娜跟我的关系一直不好,因为她比较恋父,这是很普通的俄狄浦斯情结,并不是针对我。)克莱特很恼火:

"我觉得这太无耻了,爸爸居然对你说这样的话。"

不过她因为吕西安娜的事,有些记恨莫里斯,她对待他有点缺乏善意,总是想给他找错。她一定也是太想安慰我了。吕西安娜那种心肠很硬的孩子恐怕能说出更多客观的话来。我和克莱特聊了很久,但没有获得什么新情况。

我现在处在一个死胡同里。要是莫里斯是个混账,那我就浪费了一生中最好的时光。但也可能他真的不能再忍受我了。那我就应该想到自己是一个可恨的、令人蔑视的女人，即便我搞不清为什么。这两种假设都太恐怖了。

十二月二日星期三

伊莎贝尔觉得（她反正是这么说的），莫里斯说的话里有四分之一不是真心话。他多次出轨都没有向我坦白，这是很平常的事。她跟我说过好几次，说一个男人对妻子忠实二十年是不大可能的。他显然是应该及时向我坦白，但是他一定非常难为情。至于对我的那些指责，肯定是他临时编出来的：要是他当年娶我是被迫无奈的话，我早就应该能感觉到，我们这么多年也不可能过得这样幸福。她劝我不要再追究了。她坚持认为我不是处于劣势。男人总是选择最容易的方案：和自己的老婆过日子当然要比开始一种新生活来得容易。她打电话给我约了她的一个老朋友，是妇科医生，对夫妻生活中的各种问题都很了解，她认为这个医生一定能帮助我解开我头脑里的疙瘩，理清思路。但愿吧。

莫里斯从星期一开始对我非常关心，他每次行为过头之后都会这样。

"你为什么这八年来一直在骗我呢？"

"我不想让你难过。"

"你早该告诉我你不爱我了。"

"可这不是实话，我是一时冲动说出来的；我心里还是很在意你的，真的。"

"那天你说的话里只要有一半是真的，就说明你不可能在意我。你确实认为我是个不称职的母亲吗？"

说实在的，在他对我说的那么多难听的话当中，最让我气愤的就是这个。

"不称职，倒确实没那么严重。"

"不过？"

"我跟你说过多少次，你对女儿管得太多。克莱特太顺从，处处跟你学；吕西安娜是逆反心理，就成天和你作对。"

"可到底是谁帮了她！她现在对自己的出路挺满意，克莱特也很幸福。你还想怎么着？"

"她们俩要是真的感觉幸福……"

我没有多说。他脑子里有很多想法。我不能问，有些东西我是没有勇气去听的。

十二月四日星期五

一些无法归整的回忆。我是怎么做的才没让自己去想呢？两年前，我们在希腊的米克诺斯岛度假，他的眼神很奇怪，他对我说："你买一件连身的游泳衣吧。"我明白，早就明白，我的大腿松弛了，腹部也不算平坦了。可我以为他并不在意。因为吕西安娜曾经笑话过穿比基尼的胖老太太，他听了还反驳说："那怎么了？人家妨碍谁了？也不能因为人家老了，身体就没权享受空气和阳光了吧？"我就是想享受空气和阳光，我谁也没有妨碍。不过，可能是海滩上的漂亮女人太多了，他对我说了这个："你买一件连身的游泳衣吧。"我到现在也没有买。

还有那次吵架，去年的时候，我们请了塔尔波和库图里埃两家人来吃晚饭。塔尔波完全是一副大老板的架势，他祝贺莫里斯写了一篇关于病毒来源的优秀论文，莫里斯看上去受宠若惊，就像小学生得了奖一样。我本来就讨厌塔尔波，所以听了特别不舒服；每次听到他评论某个人说"是个人才"的时候，我都想扇他个耳光。客人走了以后，我笑着对莫里斯说：

"过不了多久塔尔波就会夸你：是个人才！你运气不错嘛！"

他生气了。他比平时更严肃地责备我不关心他的研究工作，而且鄙视他的成绩。他说他不需要我从整体上看重他，他在意的是我对他具体的所作所为如何关心。他话语中充满了某种恶意，使我猛地打了个寒颤：

"你怎么这样仇视我！"

他显得很尴尬，说：

"你胡说什么！"

后来他一再强调这次吵架和以前的吵架没什么不同。可我似乎感觉到了一种死亡般的冰冷。

我嫉妒他的工作。这一点我承认。有过十年，我协助莫里斯处理与病人的关系，我给他提建议，我非常喜欢这样的工作。我跟他之间也因此更加贴近了。可是这种对我来说很重要的事情，他硬是选择了放弃。后来他让我远远地、被动地关注他的成绩，我承认我很不情愿！我对他的成绩没有热情，因为我欣赏的是他的人品，不是他的研究水平。拖后腿，这话太不公平了。我只是没有假装对他的工作充满兴趣，他一直喜欢我的坦诚。我不相信这一点打击了他的自尊。莫里斯不是这种小肚鸡肠的人。或许他真的有些耿耿于怀，而努艾丽正是钻了这个空子？这个想法太离奇了。我脑子里越来越乱。我原本以为很了解自己，也很了解他，可突然我觉得谁都非常陌生，他和我都是如此。

十二月六日星期日

当事情发生在别人身上时，总会觉得不太严重，很容易搞清楚，解决起来也不难。可真的轮到自己的时候，就会觉得孤苦无助，而且事情变得极为复杂，叫人无计可施。

　　莫里斯在努艾丽家过夜的时候，我总是怕睡不着，但同时也怕睡着。空荡荡的床，冷冰冰的被褥……吃安眠药也没有用，我不停地做梦。在睡梦中，我常常难过到晕倒。莫里斯看着我，我一动也不能动，脸上似乎堆积了全世界的痛楚。我等待他急切地跑向我，可他却甩给我一个冷漠的眼神，然后就匆匆离去。我惊醒了，天还没有亮；我感觉到黑暗的沉重，我被挤在一个狭窄的过道里，我走得越来越深，过道越来越窄，我快喘不过气来了；再走几步就必须爬了，我肯定出不来了，要在里面死掉了。我高声喊叫。然后我开始呼唤他，哭着呼唤他。每个夜里我都会呼唤他，不是他，是另一个，那个爱我的人。有时我想我是不是情愿他死了。我心里曾经说：死亡是唯一不可能逆转的痛苦；如果他离开我，我是可以再站起来的。死亡之所以可怕，因为它是可能的，而离异之所以显得轻巧，是因为我从没想象过。可事到如今，我心想如果他死了，我至少还知道我失去了什么，我自己是什么。然而现在我对一切都一无所知。我以前的生活已经全部崩塌，像是大地震时地面张开了大口，就在你逃生的过程中，一切都被吞噬掉了。什么都不能复原了。房子消失了，村庄没有了，山谷也没有痕迹了。即便你幸存下来，什么也都没有了，甚至你以前所占据的位置都不存在了。

　　每天早晨我都感到身心疲惫，如果不是因为女佣十点到的话，我会天天在床上躺到中午十二点，就像星期天一样；莫里斯不回来吃午饭的时候，我会躺一整天。多尔莫太太感觉到有些异常。来收拾我的早餐托盘的时候，她责怪我：

　　"您怎么一点儿都没吃！"

　　她非让我吃，我有时为了迁就她，就吞下一片面包。可是我根本咽不下去。

他为什么不爱我了？那应该先搞清楚为什么他爱过我。人们一般都不想这一点。即使我既不自傲也不自恋，我也觉得我是世上唯一的，我就是我，我对他来说也是唯一的。他一直爱我，没有什么原因。他应该永远爱我，因为我永远是我。（人真是怪，我听到别的女人这么说总觉得不可思议。人其实永远无法接受别人的经验教训来解决自己的问题，别人的就是别人的，帮不了自己。）

一些愚蠢的臆想。那是我小时候看过的一部电影。影片中的妻子去找丈夫的情妇，对她说："对您来说，这只是一时冲动。可我却真的爱他！"情妇被感动了，让她代替自己去夜晚约会地点。黑暗中丈夫把她当成了情妇，第二天他惭愧万分，于是回到了她的身边。这是一部很老的默片，制作风格很有些嘲讽意味，但却深深地震动了我。我还记得女人的长裙和发带。

去找努艾丽？但是这件事对她来说已经不是一时冲动，而是长期策划的方案。她会告诉我她爱他，她喜欢他这个成功男人现在能给她带来的一切，这是肯定的。而我当年爱上他的时候，他只是个二十三岁的小伙子，前途未卜，困难重重。我不顾一切地去爱他，我为此放弃了自己的学业。我至今并不后悔。

十二月七日星期一

我本来不喜欢向别人诉苦，现在克莱特、迪安娜、伊莎贝尔都是我的倾诉对象！今天下午又见了玛丽·朗贝尔。她经验丰富，我很希望她能帮助我。

我和她长谈的结论是，我根本没有理解我自己的经历。过去的事我似乎倒背如流，可突然到了一个时候我就一无所知了。她让我简短地写下我讲述的情况。我们就试试吧。

爸爸是医生，在巴尼奥莱的诊所行医，在我眼中那是世界上最美好的职业。但是在我读医科大学的第一年里，我却因我每天见到的事情烦恼、恶心、失望。我好几次试图放弃。莫里斯当时在医院实习，我第一次见到他，就被他的神情感动了。在此之前我和他都只有过短暂的异性交往。我们相爱了。我们的爱情是狂热的，也是理智的，那就是真正的爱情。那天他说是我阻止了他完成他的实习，他这样说简直太无理了，因为他从来都是对自己的决定负责的。那时他厌倦学生生活了。他想要一种成年人的生活，想要有个家。我们承诺将永远忠贞不渝，其实他比我对这样的承诺更在意，因为他父母的离异和母亲的再婚给他留下了重重阴影。我们俩一九四四年夏天结了婚，新婚生活的甜蜜，再加上不久后二战胜利的喜悦，都让我们感到无比幸福。莫里斯希望能为普通民众服务。他在西姆卡汽车公司找到了一份医生的工作。这比独自行医轻松一些，他也很喜欢给工人们看病。

后来莫里斯对战后的情况感到失望，对西姆卡公司的工作也开始厌倦。他的老同学库图里埃（人家当年完成了实习），劝他跟他一起去塔尔波开办的诊所，参加科研项目，而且成为专科医生。玛丽·朗贝尔使我明白，十年前他做出决定改换工作的时候，我一定是反对得过于激烈了，可能我这些年也一直表现出对此的耿耿于怀。可他不能因为这个就停止爱我。他工作的变化和感情的变化究竟有什么联系呢？

她问我莫里斯有没有经常责怪我或者批评我。哎！我们俩的脾气都比较躁，经常吵架。不过一般都不严重。反正我是这样想的。

性生活？我说不清从什么时候开始我们的性生活没了激情。谁先厌倦了？有时候我对他无所谓的态度感觉很明显，不然我也不会去招惹齐朗。但会不会是因为我也很冷淡，他才失望的？我觉得这是次要的。这最多可以解释他为什么跟别的女人有性关系，而无法解释他怎么不爱我了。也解释不了他怎么看上了努艾丽。

为什么是努艾丽？如果她确实特别美、年轻，或者非常优秀，我也能理解。我难过，但我能理解。可她三十八岁了，长得确实挺可人的，但也仅此而已，并且人很肤浅。这到底是为什么？我对玛丽·朗贝尔说：

"我敢肯定我比她好。"

她笑了：

"可问题不在这儿。"

问题在哪儿？除了新鲜感、漂亮的身体，莫里斯能从努艾丽那里得到什么我不能给他的东西？她说：

"我们永远无法明白别人的爱情。"

但我确信是我不善于表达。莫里斯跟我之间的感情是深层的，这种感情牵扯到他身上最主流的部分，因此是坚不可摧的。他和努艾丽的感情是表面的，他俩可以用同样的方式再爱别人。莫里斯和我是铸在一起的。然而我和莫里斯的关系又不是坚不可摧的，因为他正在摧毁它。那努艾丽和他的关系呢？他和努艾丽之间难道不是短暂的激情，不久就会消失吗？啊！这种微薄的希望时不时从我心头掠过，但却比绝望更让我痛苦。

我头脑中还有另外一个问题，他一直没有回答，那就是：为什么他现在才跟我谈，为什么不早一些？他真应该提前告诉我。我也会有我的情人。而且我会找个工作，八年前，我肯定可以让自己找到一点事情做，今天也就不会感觉四周这样空空荡荡了。叫玛丽·朗贝尔愤慨的是，如果莫里斯没有沉默这么多年，我本来可以有准备地应付今天分手的局面。当他对自己的感情吃不准的时候，他就应该敦促我变得独立一些。她猜想，我也这样想，就是说莫里斯的出发点是想给两个女儿创造一个幸福的家庭环境。那天他刚刚对我坦白之后，我还庆幸吕西安娜不在，是我搞错了：根本不是巧合。可这真的太可恶了：他选择女儿们都不在我身边的时候来抛弃我。

我无法相信我把自己的一生交给了这么一个自私的男人。但愿我这想法是错的！玛丽·朗贝尔也说了："我们得搞清楚他的态度。这种分手的事情，从女人口中讲出来，往往叫人不知所以。这叫做'男性秘密'，比'女性秘密'要难捕捉得多。"我提出让她和莫里斯谈谈，她拒绝了，因为如果她认识莫里斯的话，我就不可能这么信任她了。她总体上非常和气，不过好像总是犹犹豫豫的。

说到底，对我最有用的人，是吕西安娜，她多年来一直和我处于半敌对状态，以她那种挑剔的眼光看我，她可能会给我讲清楚这些事情。但是光靠书信，她不可能说出什么特别的见解来。

十二月十日星期四

库图里埃家离努艾丽家不远，今天去库图里埃家的时候，我好像看到了我们的车。不对。但是每次看见一辆深绿色的雪铁龙 DS 型汽车，灰色车顶，内部有红绿座椅，我就觉得那是被我称为"我们的"车。其实现在那是他自己的车，因为我和他已经没有共同活动了。我也觉得很紧张。过去我总是知道他在什么地方，在做什么。而现在他可能在任何地方，比如说我看到汽车的地方。

去见库图里埃并不是很平常的举动，当我打电话说想来找他谈谈的时候，他显得非常尴尬。可是我想理解一些事情。

"我明白您跟莫里斯首先是老朋友，"我一进门就这样说，"我不是来找您打听消息的，我只想问问您作为男人对这种情况的看法。"

他放松下来。但是他什么特别的看法也没说出来。男人总是比女人更喜欢变化。十四年的忠贞爱情，已经很了不起了。说谎也是正常的，因为不想让我伤心。人在气头上的时候，是会说出一些言不由衷的话的。莫里斯一定还是爱我的，人本来就可以同时爱两个人，以不同的方式……

凡是没有落到自己头上的事，别人都会对你说是正常的。我也正尝试着这样去想，似乎这件事情关系到的不是莫里斯，不是我，也不是我们的感情。

我真是不可救药了！今天看一份杂志的时候，我读到人马座的爱情占卜，说这一周能够有重大收获，我一下子又燃起了希望。但是在迪安娜家我又看到一本星相书，说人马座和白羊座的人根本不相配，我又泄了气。我问迪安娜是否知道努艾丽的星座。她不知道。自从我俩上次谈话之后，她一直对我有意见，但她还是告诉我，努艾丽跟她说过莫里斯。努艾丽说她不会放弃莫里斯，莫里斯也不会放弃她。至于我呢，我是个很好的女人（看来她总是这么说我），可我并不是真正懂得莫里斯的价值。迪安娜说这句话的时候，我差点克制不住我的愤怒。莫里斯在努艾丽那儿抱怨过我了？他会跟她说："而你呢，至少对我的事业感兴趣。"不会，他不可能对她说这个，我不信。他真正的价值……莫里斯的价值并不只体现在他事业成功一方面，这一点他很清楚，和别人相处时他看重的也是别的东西。或者我搞错了？也许他也有轻浮、附庸风雅的一面，跟努艾丽在一起就觉得满足？我强迫自己笑了笑。后来我说我还是想知道男人们对努艾丽的看法。迪安娜给我想了一个主意：让人分析我们三人的笔迹。她给了我地址，还有努艾丽的一封信（无关紧要的信）。我又找了一封莫里斯最近写的信，然后自己写了几句话，希望笔迹专家尽快告知分析结果。我把这些材料都送到了笔迹专家的秘书那里。

十二日星期六

我对分析结果大为吃惊。笔迹专家认为，莫里斯的笔迹最有意思：超常的智慧、博学、钻研、刻苦、敏锐、自傲又自卑，表面上非常开朗，可骨子里相当含蓄（我大概总结如此）。我呢，他也看出来很多优点：知书达理、乐观、坦率、关心别人，他也注意到我在感情上对亲人的要求很高。这和莫里斯对我的看法一样，说我有占有欲。我清楚自己身上的这种倾向，所以我一直在尽力克服。对于两个女儿，我做出各种努力给她们自由的空间，不向她们提问题，尊重她们的秘密。对于莫里斯，我经常抑制对他说话的欲望，忍住找他的冲动，尽量避免走进他的书房，而且当他在我身边读书的时候也尽量克制自己不去看他！我总是希望他们感觉到我的存在，但又不打扰他们，难道我没有做到吗？笔迹专家证实的更多是倾向，而不是真实的行为。而莫里斯对我的斥责是出于愤怒。这些结论现在让我晕头转向。不管怎么说，就算我有些过分，过于想表露，过于无微不至，总之管得有点多，莫里斯也不应该因为这个就喜欢努艾丽，而不爱我了。

至于她呢，尽管对她的评价似乎不如对我的评价，可我觉得对她的描述还是更好听一些。她有野心，喜欢抛头露面，但她情感细腻，有朝气，慷慨，思维敏捷。我并不认为自己是不凡的人，可是努艾丽太肤浅，即便她聪明过人，她也不可能比我强。我应该再找别人分析一下。无论如何这种笔迹分析也不是什么精确的科学。

我心神不定。别人怎么看我呢？客观地来说，我是什么样的人？难道我高估自己了？这类问题根本没法问别人，谁也不会对我说我很愚蠢。那怎么才能知道呢？所有人都觉得自己聪明，连那些我认为确实很傻的人也是如此。一个女人总是更在乎别人对她的外表的评价，因为内在的东西她自己很清楚，而且别人也说不出什么。要想看到自己的极限，就需要超越它，就像从自己的影子上跳过去一样。我总是理解别人说的话和我读到的东西，但是我也许理解得太快，反倒对其中深层的东西无从把握。难道这就是我不能明白努艾丽高明之处的原因吗？

星期六晚上

难道这就是人马座的好运气吗？迪安娜在电话里对我说了一件至关重要的事：努艾丽跟出版商雅克·瓦林有过男女关系。瓦林夫人发现过努艾丽写的信，非常讨厌努艾丽，这是她亲口告诉迪安娜的一个朋友。我怎么让莫里斯知道呢？他对努艾丽的感情那么有把握，他肯定会大吃一惊。只是他不会相信我的。我得有证据。我总不能去找瓦林夫人要努艾丽的信，我根本不认识她。瓦林特别有钱。在他和莫里斯之间，努艾丽一定会选择他，如果他愿意离婚的话。什么样的女人啊！要是我能看得起她一点儿，我也不会像今天这么难受了。（我明白。有的女人可能会这样说到她的情敌：要是我能够看不起她，我也不会像今天这么难受了。其实我也这样想过，反正我看不起她，我就不应该觉得痛苦。）

十三日星期日

我给伊莎贝尔看了笔迹专家的分析结果。她不相信笔迹分析，所以看上去不以为然。不过我让她注意，关于我在情感方面要求很高的分析结论，跟莫里斯那天对我的责备是吻合的。而且我也知道，我总是对别人有很多期望，可能我的要求太多了。

"那当然。因为你是为别人而活着，你当然非常需要别人，"她说。"可是爱情、友情，就是这样，就是一种互相依存。"

"那么对于那些拒绝互相依存的人来说，我是不是太烦人了？"

"对于不喜欢我们的人来说，如果我们关心他们，他们就觉得烦。这不是什么性格问题，而是具体情况决定的。"

我请她试着说说对我的看法，她眼中的我是什么样子的。她笑了：

"说实在的，我根本没有看法。你就是我的朋友，就是这样。"

她的观点是，在一般情况下，人跟人之间不管喜欢还是不喜欢，都没有什么特别的看法。她挺喜欢我，没别的。

"你跟我实实在在地说，说实话，我究竟是不是个聪明的女人？"

"当然是。不过你要老是问这样的问题就不聪明了。如果我们俩全都是傻子，只觉得对方聪明，那能证明什么呢？"

她又对我说，在这桩事情上，问题不在于我的优点或者缺点，而是新鲜事物的吸引力。这才一年半，还是新鲜事物。

十四日星期一

在伤心的路上越走越远。因为伤心，所以不想做任何快乐的事情。我早晨起床时再也不放唱片了。我不再听音乐了，我不再看电影，我也不再买漂亮的东西。多尔莫太太到的时候我起了床。我喝了茶，为了让她高兴，我吞下了一片面包。我想着怎么混过这一天。我想着……

门铃响了。有人给我送来了一大把丁香和玫瑰组成的花束，上面有一个纸片，写着："生日快乐。莫里斯。"门关上以后，我泪如泉涌。这些日子我脑子里充满了愤怒、黑色的念头、仇恨，我在抵抗；可这鲜花，让我想起过去的幸福生活，一去不复返的幸福生活，把我的抵抗阵营全部摧毁。

中午一点左右，钥匙开门的声音，我口中有一种特别苦涩的味道，那是恐惧的味道。（就像当年父亲快去世的时候，我到医院去看他所感觉到的味道。）这么多年来亲切的伴侣，他就是我生存的理由，是我的快乐，可今天他是个陌生人，是审判我的人，是我的敌人。当他推门而入的时候，我心里充满了恐惧。他快步走向我，微笑着揽我入怀，说：

"生日快乐，亲爱的。"

我在他肩头哭了，带着些许甜蜜。他抚摸着我的头发说：

"不要哭了。我不想让你难过。我真的非常在乎你。"

"你说从八年前就不爱我了。"

"不对。我说过这是气话。我在乎你。"

"可你对我没有爱了？"

"爱有很多种。"

我们俩坐下来，谈了很多。我像对伊莎贝尔或是玛丽·朗贝尔一样跟他交谈，以一种信任、友好和超脱的态度跟他说话，似乎说的不是我们之间的事情。我们似乎跟过去一样在谈论随便的一个问题，非常客观地、随意地谈论。我说我对他这八年来的沉默感到不解。他再次跟我这样说：

"你说过你会伤心而死……"

"那是你当时逼我这么说的,你好像特别害怕我们之间发生不忠的问题……"

"我是很害怕。所以我才什么都没说,就当做一切还像原来一样……这就像变魔术……而且我当然很愧疚……"

我又说我非常想知道为什么他选择今年告诉我。他承认,一方面他跟努艾丽的关系发展迫使他这样做,另一方面我也有权了解真相。

"但你没有说出真相。"

"那是因为说谎以后更羞愧了。"

他那阴沉而又温热的眼光裹住了我,似乎让我去看他内心深处最坦诚的一面,就像过去一样。

"你最大的错,"我对他说,"就是让我糊里糊涂地信任你。现在我四十四岁,两手空空,没有职业,生活中除你以外没有别的寄托。如果你八年前就向我说明,我早就会设计一种独立的生活方式,今天也不至于这么困扰了。"

"莫尼克!"他非常惊讶地说,"七年前的时候,我真的希望你接受那份医学杂志秘书处的工作。你完全有能力胜任,而且肯定能有不错的发展,可你当初根本不愿意!"

我差不多把这件事完全忘记了,当时我觉得很不合适。

"一天到晚都顾不着家,而且一个月只有十万旧法郎[①],我觉得不值得,"我说。

"你当时是这么说的,但我没少劝你。"

"如果你对我说了实话,告诉我你有了别的女人,让我为自己打算打算,那我应该会接受的。"

[①] 1960 年以前在法国发行的货币。100 旧法郎合 1 新法郎,约合 0.15 欧元。

"后来我在穆然度假的时候又建议你找工作,可你又拒绝了!"

"那时候我觉得有你就够了。"

"现在也不晚,"他说,"我给你找个工作并不难。"

"你认为这样就可以安慰我了?这要是在八年前,恐怕会好一些,我可能会干出点儿事情。可现在!……"

我们在这个问题上谈了很长时间。我感觉到,假如能给我找个工作,他心里会好受一些。但是我根本不想让他好受。

我又回到我们十二月一号那天(我会永远记得这一天)谈论的问题上,他真的认为我是一个自私自利,占有欲、控制欲极强,专制粗暴的女人吗?

"即便是在气头上,这也不会是你当场编出来的吧?"

他犹豫了一下,笑了笑,给我解释。我的优点中也有缺点。我无微不至地关心别人,这很难得,可是有时候,别人情绪不好的时候,这种无微不至就叫人心烦。我对从前的事情总是记得很牢,所以别人如果稍微忘记一点就觉得像是犯了罪,别人甚至不敢对我表示自己口味或者观点的变化。就算是吧。可是他对我有怨恨吗?十年前的时候他对我不满,这我知道,我们吵了很多次;可是这事情已经过去了,况且他做了他想做的事,我后来也赞同他了。那我们的婚姻呢,他真的觉得是我逼他结婚的吗?绝对没有,那是我们两个人的决定……

"那天你还说我对你的工作不关心?"

"这倒是真的,我确实这么想;可我最不喜欢的是,你为了让我高兴,强迫自己关心我的工作。"

他的声音很让我放松,于是我提出那个最叫我揪心的问题:

"你是不是因为女儿们前途的事情对我不满?你对她们感到失

望，你觉得都是我的错？"

"我有什么资格对她们失望？又有什么资格对你不满呢？"

"那你那天怎么对我那么愤愤不平呢？"

"唉！我的处境也很难呀。我对自己很气愤，可结果把气撒在你头上了。"

"反正，你不是像过去那样爱我了。你还在乎我，可能吧。可我们年轻时候的爱情已经没有了。"

"对你来说也是一样，不可能是年轻时候的爱情了。二十岁的时候，我爱你的同时，也爱那种恋爱的感觉。当时我身上冲动外露的一面，现在都消失掉了。这就是我的变化。"

跟他这么心平气和地谈话是很舒服的事情，我仿佛回到了过去。难题变小了，困扰消散了，很多事情变得清楚了，是是非非却显得模棱两可了。实质上什么都没有发生。我后来觉得努艾丽根本不存在了……幻象，臆想。其实，我俩的谈话什么效果也没有。我们只是给事情起了别的名字，什么也没变。我没有任何收获。过去还是很模糊。未来也并不明朗。

十五日星期二

昨天晚上，我还想跟他继续谈谈，继续下午令人失望的谈话。但莫里斯晚饭后有一点工作，做完之后他就想睡了。

"咱们今天下午谈了很多了。没什么可补充的了。明天我得早起呢。"

"可实际上咱们什么都没说。"

他一副无可奈何的表情：

"那你还想让我说什么？"

"好吧！有个问题我还是想搞清楚，我们俩将来怎么办？"

他不说话了。我把他逼到死胡同里了。

"我不想失去你。可我也不想放弃努艾丽。剩下的事情，我不知道……"

"她对这种生活满意吗？"

"她也没有选择。"

"对了，跟我一样。可那次在四六俱乐部你居然对我说，我们之间什么都没有变！"

"我没说这话。"

"跳舞的时候你说的，我们之间什么都没有变！我还相信了你的话！"

"是你莫尼克对我说：最主要的是，我们之间什么都没有变。我没有反驳，我什么都没说。那个时候我还没法说得太深。"

"你就是说了。我记得清清楚楚。"

"你喝了不少酒，知道吗？你设想……"

我没有继续说什么。有什么意义呢？关键是他不想放弃努艾丽。我知道这一点，可我不愿意相信。我今天突然对他说我决定不去滑雪了。我认真考虑过了，我对这个决定很满意。我过去非常喜欢跟他一起去山上滑雪。但现在这种情况下去滑雪一定是受罪。我无法想象和他一起出发，在那儿待一星期后仓皇逃跑，给人家腾地方。也不能想象先让努艾丽去，然后看着莫里斯在旁边想念她，拿我的身姿体态和她比较，拿我的愁容满面和她的朗朗笑声比较。那我肯定又会有不少不得体的表现，到后来他只想早一点把我甩掉。

"你就按你承诺的时间陪她去玩十天吧，然后就回家。"我对他说。

这么长时间以来这是我第一次主动出主意，他显得不知所措。

"可是，莫尼克，我很想带你去。我们每次去滑雪都玩得特别愉快。"

"就是因为这个。"

"你今年不滑雪了？"

"你明白，在现在这种时候，滑雪的乐趣没那么重要了。"

他又劝我，给我讲道理，他显得很难过。对于我平时的愁容，他已经习以为常了，但我牺牲滑雪，这让他非常内疚。（我这么说也冤枉他。他并没有习以为常，他总是在谴责自己，他睡觉时要吃安眠药，他的脸色难看极了。可这并不让我感动，反倒更对他不满。如果他明知故犯叫我伤心，同时自己也受折磨，就说明他真是放不下努艾丽了。）我们俩又谈了很久。我没有让步。到最后他看上去疲惫不堪——两眼发直，眼袋都起来了，我只好让他去睡觉。他很快就沉沉睡去。

十六日星期三

我注视着顺着窗玻璃流淌的雨滴。它们不是竖直地向下流，而是似乎被一种神秘的力量所驱使，忽左忽右地滑行，时而停滞，然后继续下滑，好像在寻找什么。我好像确实无事可做了。而我向来是有很多事情的。现在，织毛衣、做饭、看书、听音乐，这些对我来说都很无聊。莫里斯的爱一直是我生命的重心。现在我的生命没有了重心。一切都没有了重心，不论是物品，还是时间。我也如此。

那天我问玛丽·朗贝尔是否认为我聪明。她看着我的眼睛说：

"你是个非常聪明的女人……"

我说：

"只不过……"

"人如果不补充知识的话，智慧是会枯竭的。你应该让你丈夫给你介绍一个工作。"

"但是我能做的工作都不会给我带来什么收获。"

"那可不一定。"

晚上

今天上午我似乎想通了，其实一切都是我的错。我最严重的错误就是没有懂得时间在流逝。日子一天天过去，可我还停留在自己理想丈夫的理想妻子的幻觉中。我没有想办法把我们的性生活搞好，却成天怀念年轻时的激情时刻。我自以为我的容貌和身材都保养得不错，却不知道花些时间去健身房锻炼锻炼，去美容厅修整修整。我任由我的聪明智慧枯竭掉，我不再看书学习，我总对自己说：等孩子大了再说。（也许父亲的去世对我打击很大，我开始听天由命，时间好像在那时候就停止了。）是啊，当年嫁给莫里斯的那个对所有事物、观点和书籍都充满好奇的女大学生，跟今天这个整个生活都关闭在这四面墙内的女人太不相同了。确实，我总想把莫里斯也关进来。我以为他有家庭就足够了，我以为他全部属于我。我对一切都想当然，而莫里斯在变化，在质疑，我的态度一定令他恼火。天长日久，积怨成仇。我也不该整天讲我们当初的承诺。如果我给了莫里斯自由，同时自己也开放一些，努艾丽也不可能当这么长时间的秘密情人。我就可能及时反应。现在还来得及吗？我对玛丽·朗贝尔说了，我会和莫里斯好好谈谈，采取补救措施。我已经开始读书、听音乐，作一些实质性的努力了。减掉几公斤脂肪，穿着讲究一些。和莫里斯畅所欲言，拒绝沉默。她对我的想法没有表示什么热情。她问我，我第一次怀孕是谁的责任。我们两人的责任。当然也可以说是我的责任，因为我对自己的月经周期过于信赖，结果还是算错了，可这也不能就怪我。我当时是不是非要这个孩子不可？不是。是不是很想打掉？不是。就这样顺其自然了。她似乎不太相信我的话。她觉得莫里斯很早就对我心存怨恨了。我对她讲了伊莎贝尔的观点：如果莫里斯当时不想结婚，我们开始的那几年不可能那么幸福。我觉得她的解释非常晦涩，她说：莫里斯不想承认他后悔过早结婚，于是尽力把注意力放到爱情上，他疯狂地追求幸福；但是狂热消失了以后，当年的怨恨就涌现出来了。她自己似乎也觉得她的解释没有说服力。二十多年前的怨气不可能强烈到让他离开我的地步，还是后来的事情对他的影响大。我再次肯定，他当年根本没有怨气。

说实在的，玛丽·朗贝尔有点儿让我讨厌。他们都让我讨厌，因为他们全都好像知道很多我不知道的事情。不是莫里斯和努艾丽到处跟人讲他们的事情，就是他们都把他们这类的经验套用在我身上。或者他们旁观者清，我自己却无法想明白。人家都体谅我，我感觉到我跟他们说话时，他们都不知道怎么开口。玛丽·朗贝尔说我不去山上滑雪的决定是正确的，因为这样可以少难受一些，不过她不认为莫里斯会因此改变计划。

我对莫里斯说我清楚自己错在什么地方了。他不让我说，语气特别不耐烦，我现在已经渐渐习惯了他的这种语气。他说：

"你根本没有错。咱们不用再说过去的事儿了！"

"那我还能说什么？"

沉重的寂静。

除了过去，我一无所有。但这过去既不象征幸福，也不表示满足，而是一个谜，一种迷惑。我想知道过去真实的面目，但回忆似乎并不可靠了。我已经忘记了很多，而且有些事情在我的记忆中是变形的。(是谁说了"我们之间什么都没有变"?莫里斯还是我?日记里我写的是他。也许因为我想让他这样说……)其实我反驳玛丽·朗贝尔的话不全是真的。莫里斯的怨气我是感觉到的,不止一次。我过生日那一天他都否认了。但是有些词、有些话还不时在我耳边回响,我并不想把这些事情看得太重,可我忘不了。就在克莱特选择那个"愚蠢"的婚姻的时候,他看上去自然是跟她发火,但间接针对的是我:克莱特的多愁善感、对安全感的需要、羞怯被动等等,都是我的责任。尤其是后来吕西安娜的走,对他打击很大。他说:"吕西安娜就是为了躲开你才走的。"我知道他是这么想的。可是他想的对吗?如果换一个母亲,不像我这样操心、这样无微不至的母亲,吕西安娜就会忍受家庭生活吗?我其实觉得我们之间的关系越来越好,她走之前的那一年就表现得很放松。是因为马上要走吗?我搞不清楚了。如果我真的把教育女儿的事情都弄糟了,那我这一生就彻底失败了。我不愿意相信。可是这些疑点一出现,我就晕头转向了!

莫里斯是怜悯我才没有离开家吗?那我应该告诉他他可以走。我没有这样的勇气。要是他不走,努艾丽可能会灰心,会去找瓦林或别人。或许他会重新意识到我们彼此之间的意义。

叫我无法捉摸的是他变幻无常的情绪,时而温柔和气,时而阴郁冷淡。我不知道怎么跟他讲话。我感觉他既怕伤害我,又怕给我错觉。难道我只能彻底绝望了?就是说他完全忘记了我过去的样子,忘记了他为什么爱上了我。

十七日星期四

玛格丽特又一次出逃,四处都找不到她。她这次是跟另一个女孩一起跑的,那个女孩绝对不是好人。她一定会去卖淫,去偷。太可惜了。但我并不很难过。现在什么事儿都触动不了我了。

十八日星期五

昨晚我又看见他俩了。我在他们常去的二〇〇〇年酒吧周围转悠。他俩从努艾丽的敞篷车上下来，他挽住她的胳膊，两人有说有笑。在家的时候，即便是气氛很好，他的脸也总是拉得很长，他的笑是硬装出来的。"我的处境很困难……"在我身边，他每一刻都想着她。跟她在一起的时候，他一定不想我。他笑着，很放松，很自在。我真想去伤害伤害她。我明白这没有任何道理，她并不欠我什么，可我就是这样想。

人们都太懦弱了。我让迪安娜带我去见那个听瓦林夫人说过努艾丽的朋友。她显得不大愿意。她说这个朋友也不是很肯定，只知道瓦林跟一个时髦的年轻女律师有染。瓦林夫人并没有说出名字。估计应该是努艾丽，因为他是她的客户，但也没准是另外一个……那天迪安娜说的时候可是非常肯定的。或者是那个朋友怕把事情捅大了，或者是迪安娜怕我闹事。她说根本不是怕，她就想帮我！可能吧。不过我真是搞不清他们以什么方式帮我。

二十日星期日

每次见到克莱特的时候，我总是问她一大堆问题。昨天她的眼泪都出来了。

"我从来没觉得你对我们管得太多，我喜欢你管着我……吕西安娜临走那一年怎么想的？我们俩不是很知心，她也看不上我。她觉得咱俩都太多愁善感，她愿意做女强人。再说，她愿意怎么想就怎么想。这有什么重要的？"

当然，克莱特从来都按照我期望的去做，她不觉得这有什么不好。而且她也不可能认为自己不该走现在这条路。我问她有没有感到烦闷。（让-皮埃尔是个好人，可是不太有趣。）她说没有。她忙得很，她原来没想到持家会是这么复杂的事情。她连读书听音乐的时间都没有。"还是抽点时间看看书、听听音乐吧，"我对她说，"不然慢慢地人就变傻了。"我还说这是我总结的教训。她笑了，说如果我算傻的，那她也愿意像我一样。她非常爱我，这一点至少是别人夺不走的。是不是我压抑了她？其实我为她设想的生活完全不是这样的，是更活跃、更丰富的一种生活。我在她这个年纪，和莫里斯一起做了很多事情。会不会是因为我的遮挡，她没有得到充分的养分，过早地枯萎了？

我多想从别人眼中好好观察观察自己！我又把那三封信给克莱特一个懂笔迹分析的朋友看了。她也对莫里斯的笔迹感兴趣。她也说了一些我的优点，努艾丽的很少。不过这也不说明什么问题，因为她很清楚我想听到什么。

星期日晚上

刚才莫里斯对我说："我当然和你一起过圣诞节。"这话让我不由得高兴起来。我想，他大概是因为我不去滑雪于是给我一个补偿吧。不管是为什么，我决定好好珍惜快乐的时光。

十二月二十七日星期日

但是快乐时光并不珍惜我。但愿莫里斯没有察觉。他在四六俱乐部订了位。精美的食物，精彩的表演。他白白浪费了钱和心思。我穿了一件漂亮的新裙子，我微笑着，但心里却万分惶恐。一对对的男女……那些女人穿着讲究，发型精致，浓妆艳抹，笑起来露出经一流牙医精心护理的牙齿。男人为她们点烟，给她们倒上香槟，他们不断交换着温柔的眼神，说着体己的话。以前我总觉得这些男人和女人都是紧密连在一起的，是不可分离的。因为我相信我们的感情，相信婚姻。可今天我看到的男男女女似乎都是阴差阳错走到了一起。时不时地，我旧日的幻觉还会出现。莫里斯好像和我铸在一起，他是我的丈夫，正如克莱特就是我的女儿，永远都不会改变。关系可能遗忘、变质，但永远不会化为乌有。然而现在他和我形同路人。我真想高声呐喊：一切都是假的！是在演戏！一起喝香槟并不意味着心灵的沟通。回到家的时候，莫里斯亲吻了我，说：

"今晚过得真好，对不对？"

他看上去很高兴，很放松。我自然是迎合了他。十二月三十一日晚上我们去伊莎贝尔家过节。

一月一日

我其实不该对莫里斯表现出的好心情心存幻想，真正的原因，是他很快要跟努艾丽一起外出十天。但如果以此为代价，我能看到他的温存和笑脸，而不是他平日的冷淡和阴沉，我也不算吃亏。来到伊莎贝尔家的时候，我们毕竟又是夫妻的样子。其他客人也都是一对一对的，有的年轻一些，有的年长一些。伊莎贝尔和查尔斯，库图里埃夫妇，克莱特和让-皮埃尔，还有别人。唱机放着爵士乐，我由着性子喝了几杯……多久没有这样喝酒了？我觉得很快活。快活的感觉就是，空气是透明的，时间是顺畅的，呼吸是自然的，这就够了。我不知道是怎么说起独自参观的勒杜设计的盐场的，还描述得非常详细。别人听得很认真，还向我提了问，但我忽然想到自己似乎在模仿努艾丽，似乎想像努艾丽一样引人注意，我不知道莫里斯会不会觉得我荒唐。他显得有些紧张。我把伊莎贝尔拉到一边，问她：

"我说得太多了吧？我是不是出洋相了？"

"什么呀！"她制止我，"你说得很有意思！"

她看到我如此担心觉得很难过。是因为我不该这样吗？还是因为我应该这样？后来我问莫里斯，为什么他显得很紧张，他说：

"根本没有啊！"

"你不想说实话。"

"真的没有。"

可能我这么问让他不舒服。我也不知道。从此以后，无论何时何地，凡是我说过的话、做过的事，我都有一部分内容弄不明白。

一月二日

昨天晚上我们去克莱特家吃晚饭。这孩子，费了不少心思可什么也没有弄好。我以莫里斯的眼光注视着她。她的家布置得很一般，这一点是肯定的。就连穿衣、买家具，她也没有什么主意。让-皮埃尔非常温柔，对她充满了爱意，让我挺感动。但是别人不知道该跟他说什么。他俩很少出门，朋友也很少。他们的生活很单调。我又一次问自己：那个十五岁的好学生如今变成了这个没有生机的年轻妇女，这一切难道是我的错？这种变化并不少见，我认识许多人都有类似的经历，可是或许每次都是家长的错。莫里斯很开心，整个晚上都谈笑风生，出来的时候也没有什么评论。但我估计他一定跟我一样想。

昨天一天莫里斯都没有出门，晚上又和我一起去了克莱特家，这让我觉得有点奇怪。我有了疑心，于是刚才我给努艾丽办公室打

了电话。如果是她接电话,我就挂机。她的秘书接了电话:

"格拉尔律师明天回巴黎。"

我太天真了!努艾丽不在巴黎,我就在给她填空儿。我气炸了。我真想把莫里斯轰走,一了百了算了。

我猛烈地抨击了他。他回答说努艾丽离开巴黎是因为他决定跟我一起待这段日子。

"不对!我现在想起来了,每年过节的时候,她都陪女儿去前夫家里住。"

"是,可她本来只想走四天。"

他看我的眼神很真诚,这对他来说十分容易。

"不管怎么说,你们是一起算计好的!"

"当然,我跟她说了。"他耸了耸肩,"女人哪,只有从别人手里夺来的东西好像才是最好的东西。这说明其实重要的根本不是那东西,而是争夺战的胜利。"

是他们俩一起做的决定。说真的,这几天来和他在一起的快乐被这个发现一扫而光。如果她要求他陪她,他肯定早就让步了。也就是说,我的生活完全取决于她,取决于她的心境,取决于她的慷慨大度,或是小肚鸡肠。明天晚上他们就出发到库尔舍维勒去滑雪。我在想我自己放弃滑雪的决定是不是太傻了。他原本打算休假三个星期,现在他只休两个星期(他告诉我,对于他这样热爱滑雪的人,这应该算是一种牺牲)。但是他跟努艾丽在一起的时间比他原来设想的还多了五天。而我呢,失掉了十天和他朝夕相处的机会。她有充分的时间给他灌输那些点子。等他回来的时候,他肯定会告诉我们之间一切都结束了。我不能再想了!这样想一点用都没有,我知道我彻底完蛋了。他很替我着想,他大概怕我想不开——我是不会去死的,可是他对努艾丽的感情根本没有降温的迹象。

一月十五日

我其实应该打开一瓶罐头吃,或是好好泡个澡。但我还是在那儿胡思乱想。泡个澡吧。但我还是在那儿胡思乱想。如果我写点东西,就有事做了,我就可以不想这些了。多长时间没吃东西了?几天没有洗澡了?我给女佣放了假,把自己圈起来,门铃响过两次,电话也响过多次,我全不理睬,只有晚上八点莫里斯打电话的时候我才接。他每天准时给我打电话,声音总是很关切:

"你今天干什么了?"

我说我见了伊莎贝尔、迪安娜,或者克莱特,或者我去听了音乐会、看了电影等等。

"那今晚你做什么?"

我说我要去见迪安娜或伊莎贝尔,说我打算去看戏。他又问:

"你好吗?你睡得好吗?"

我让他放心,我问他山上的雪怎么样,他说不太好,天气也不好。他的声音显得很阴沉,就好像他在山上服苦役似的。我明白他一挂电话,就会笑着到酒吧去与努艾丽会合,然后他们一边喝着烈性酒,一边热热闹闹地谈论白天的见闻。

这就是我选择的,难道不是吗?

我选择了把自己活埋起来;我已经分不清白昼和黑夜;我感觉很糟的时候,感觉忍受不下去的时候,就给自己灌酒、镇静剂,或是安眠药。稍微好一点的时候,我就咽下咖啡一类的兴奋食品,翻开侦探小说,最近我买了很多侦探小说。如果屋里静得叫我窒息,我就打开广播,可是广播里的声音似乎来自遥远的星球,我几乎什么也听不懂：那个世界有它的时间，它的钟点，它的法律，它的语言、忧虑、消遣，我全然不知。当人孤独无助的时候，可能自暴自弃到什么程度！卧室里有烟和酒混合的味道，烟灰到处都是，我很脏，床单也是脏的，污浊的窗户外有污浊的天空，这种肮脏像是保护我的躯壳，我再也不会出去了。其实再往前走一步，走上不归路也是很容易的。我抽屉里什么都有。可我不想，我不想！我才四十四岁，现在死还早了一点，太便宜他们了！我活不下去了，可我不想死。

这两个星期我都没写日记，只是把以前的日记读了又读。我发现文字根本表达不出来。愤怒、噩梦、恐惧，这些东西都没法用语言来表达。我有精神的时候总是写几句，有时充满希望，有时充满绝望，可是那种崩溃、瓦解和退化的感觉却丝毫没有表现。而且日记里到处是自欺欺人的谎言，到处是不着边际的幻想。我也一直被人家牵着鼻子走！莫里斯逐渐逐渐引导我，让我说出："你选择吧！"然后他就回答："我不会放弃努艾丽的……"唉，我不想再提这件事了。日记里的每一句话似乎都有纠正或者澄清的必要。比如说，一开始在盐场我有感而发，并不是因为找到了年轻时的感觉，也不是为了填补孤独的空间，而是为了掩饰某种难以启齿的忧虑。这种忧虑被莫里斯临行前的阴沉表情唤起，就隐藏在那个下午的暑热和寂静中。是的，写这些日记的时候，我记下了我所想到的，但并没有记下自己所有的念头；而现在重读，我觉得我完全迷失了。有些句子让我脸红……"我一直喜欢了解事实，其实我寻找过，我已经得到了事实。"人怎么可能对自己的命运如此大意呢！难道别人也会这样盲目，还是我是彻头彻尾的傻子？不光是傻，我还自己骗自己。我把自己都骗晕了！我对自己说莫里斯不把努艾丽放在心上，他更在意我，可是我很清楚这不是事实。我抓起笔，不是想改掉这些文字，而是因为我感觉体内和体外都特别空虚，我必须用手做一个动作，才能证明自己还活在世上。

有时候我站在窗前，我曾经在一个星期六早晨，很久以前了，在这窗前看着他远去。我当时想：他再也不会回来了。但我并不肯定。这就是我当时真切的预感，结果果然如此。他没有回来。回来的不是他，这个躯壳将来也不会回到我身边了。汽车还在那儿，停在路边，他没有开走。过去，看到汽车我就感觉看到了他，这使我温暖。现在它表明了他不在。他走了。他再也不会回来。没有他我无法生活。但我不想去死。怎么办？

为什么？我在死胡同里乱撞。这二十年来我怎么会爱了一个混蛋！难道我就是一个大傻瓜！我们之间的感情的确是真实的，是稳固的，像真理一样不可摧毁。只是时间在流逝，而我却恍然不觉。岁月的河流，冲刷侵蚀了一切，磨损了他的爱。可是为什么我的爱却经得住时间的考验？

我从壁橱里找出存放我们过去信件的盒子。莫里斯写过的那些我记得清清楚楚的话，都至少是十年以前的。给我留下印象的事情也是十年以前的。所以应该说，我们之间的狂热爱情——起码是他对我的爱只持续了十年，后来这十年我们只是生活在对前十年的回忆中，回忆给许多事情造成了一种假象。然而他保留着他过去的微笑、他过去的眼神。（唉！如果现在我还能再看到他那种微笑、那种眼神也就知足了！）近些年的信写得很风趣，很温馨，但一半是冲着女儿们的。偶尔会有一两个句子比较热烈，可总是叫人觉得有些勉强。当我想到要重新读读我自己写的信的时候，眼泪禁不住掉了下来。

我重读了我写的信，感觉很难受。头些年的信跟莫里斯的信总是很合拍，同样的热烈和快乐。后来的信就有一种怪怪的语气，稍微带点儿牢骚，甚至是怨气。我使劲强调我们的爱情还像开始那么强烈，我要求他向我保证，我逼他说一些话。我怎么会这样呢，难道逼他说出的话我也会相信吗？我可能当时意识不到，我忘记了。我忘记了很多事情。那封他寄来的信是怎么回事，我后来告诉他我在跟他通话后就烧掉了？我记得不是很清楚了：我带着孩子在穆然度假，他在巴黎准备一个考试，我埋怨他写信太少，他不以为然。他的回信非常刻薄。我怒火中烧，马上给他拨了电话，他道了歉，还让我把他的信烧掉。还有没有这类事情，我已经忘掉了？我觉得自己一贯是宽容大度的。太可怕了，我发现自己的故事竟是如此阴暗。

第三天

可怜的克莱特！我特意给她打了两次电话，语调愉快，怕的是她替我担心。可她说她不懂为什么我不去看她，也没让她来看我。她很凶地敲门，按门铃，我给她开了门。她看见我像是吓了一跳，我才感觉到自己的样子不堪入目。我环视了整个公寓，也吓了一跳。她逼着我梳洗打扮，又整理了我的随身用品，让我跟她到她家去。女佣过后会来收拾这里。让-皮埃尔一走，我就拉着克莱特，拼命向她提问题。她父亲和我，是不是经常争吵？有一段时间确实如此，尤其是因为我们过去很少有不和的时候，那段时间让她非常害怕。不过后来就再也没有吵过，至少是在她面前没有。

"即便这样，跟以前也大不相同了吧？"

她说她当时还小，还看不出来。她的话对我没有用。如果她尽可能地想想，也许可以帮我解开这个疙瘩。我感觉到她的声音里有些犹豫，莫非她也有苦衷？是什么呢？难道我变得很丑了吗？真的特别丑？现在一定是，面如死灰，形容枯槁。那八年以前呢？我不敢这样问她。我很蠢吗？或者说配不上莫里斯吗？这些都是平时很少想的问题，令人困扰。

一月十九日

　　我能信他吗？这一次我没有计较，放他自由的假期，他会感激我吗？几个星期以来，我这是第一次踏实地睡了一觉，没有噩梦，呼吸均匀。是希望。也许还很脆弱，但却是真实的希望。我去过了美容院、美发厅，认真打扮了一番。家里也焕然一新，我还买来了鲜花。可是他一见到我却说：

　　"你怎么变成这个样子！"

　　我确实瘦了四公斤。我让克莱特发誓不告诉他那天看到我的情景，但我肯定她跟他说过了。不管了！可能她这样做是对的。他把我揽进怀里。

　　"我可怜的宝贝！"

　　"我挺好的，"我对他说。

　　（我刚才吃了镇静药，我想显得放松一些。）他眼里竟泛着泪花，我大吃一惊。

　　"我真是个混蛋！"

　　我说：

　　"爱上另一个女人也不是罪过。你没有办法。"

　　他耸了一下肩膀，说：

　　"我真的爱她吗？"

　　这两天我一直在琢磨这句话。他们俩在风景优美的山上，在闲暇中，一起朝夕相处了两个星期，而他回来时竟说："我真的爱她吗？"走到这一步我不敢再轻举妄动，可是看样子形势有所转变。

也许这两星期使他厌烦了。他又对我说:"我本来不想这样!我不愿意让你难过。"这种话已经不能感动我。如果他只是重申对我的怜悯,我心里也不会萌生出希望。然而他明明面对着我,清清楚楚地说了:"我真的爱她吗?"我觉得这可能就是一个新开端,他会逐渐脱开努艾丽,回到我身边。

一月二十三日

每天晚上他都在家。他买了一些新的唱片,我们一起听。他向我许诺二月底一起到南方去旅行。

人们似乎总是对别人的痛苦比对别人的幸福更关心。我告诉玛丽·朗贝尔,在山上滑雪期间努艾丽原形毕露,莫里斯大概要彻底回到我身边了。她面无表情地说:

"要是彻底回来,那当然好啰。"

她到底也没有给过我什么有用的建议。我敢肯定他们在我背后议论我。他们不跟我说。我对伊莎贝尔说:

"你开始真说对了,我是不应该把事情闹大。其实莫里斯并没有停止爱我。"

"我猜是这样吧,"她以一种迟疑的口气说。

我马上叫起来:

"你猜这样?你觉得他不爱我了?可你以前一直是很肯定的……"

"我没有那么确切的看法。我只是感觉他好像不知道自己想要什么。"

"什么?你又听到什么风声了?"

"绝对没有。"

她会听到什么呢?我实在想不出。她可能就是喜欢唱反调吧:

我疑虑重重的时候她宽慰我，我满怀信心的时候她又提出疑问。

一月二十四日

　　我真应该挂上电话，说"他不在"，或者干脆什么话都不说。脸皮真厚！莫里斯那一副不安的样子！一会儿他回来的时候，我一定要跟他说清楚。刚才他坐在我旁边看报纸，电话铃响了，是努艾丽。这是她第一次打电话来，她根本不应该。她说话很客气：

　　"请问莫里斯在吗？"

　　我傻傻地把电话递给了他。他不说什么，看上去不知所措。他对着电话说了几遍："不可能。"可最后还是说了："好吧。我这就来。"他一挂电话，我就大喊：

　　"不行，你不能去！她好意思在这儿纠缠你！"

　　"你听我说。我俩上次吵得很凶。她很担心，因为我一直没有和她联系。"

　　"我也经常很担心，可我从来没有往努艾丽家打电话。"

　　"求你了，不要火上加油了！努艾丽是可能走上绝路的。"

　　"算了吧！"

　　"你不了解她。"

　　他在客厅里走了几个来回，还在沙发上踢了一脚，我明白他是决定要去的。这些天来我们相处得很融洽，我又心软了。我说："你去吧。"不过他一回来我就得跟他谈。不吵架。但是我不想让人这样欺负我。

一月二十五日

　　我的心碎了。他打来电话说晚上不回来了，努艾丽情况很不好，他不能这么不管她。我不同意，他挂掉了电话。我又打回去，电话铃响了很久他们才接了电话。我差一点叫出租车立刻奔过去，可我不敢想象莫里斯的脸色。我出了家门，在夜晚清冷的街头徘徊，一直走到筋疲力尽。一辆出租车把我带回家，我没换衣服就倒在沙发上睡着了。是莫里斯把我叫醒的：

"你怎么不到床上睡？"

他似乎在责备我。我的血全涌上来。我说他只是因为跟努艾丽吵了架才和我待在一起，只要努艾丽一松口，他就立即跑过去，而我呢，我就是伤心至死也没人管。

"你冤枉人！"他愤怒地说，"你想知道吗？我跟她吵架是因为你。"

"因为我？"

"她想让我在山上再多待几天。"

"你还不如说，她想让你跟我一刀两断！"

我痛哭失声……

"你其实知道总有一天你要离开我。"

"不会。"

一月三十日

发生什么了？他们都知道什么？他们对我的态度都跟以前不一样。伊莎贝尔前天是那个样子……我对她毫不客气。我埋怨她给我乱出主意。从第一天起我就一再让步，忍气吞声，现在好了，莫里斯和努艾丽都随便踩我。她争辩了一下，说开始的时候她不知道他俩的关系已经有好长时间了。我说：

"而且你不承认莫里斯是个混蛋。"

她反驳说：

"当然。莫里斯就不是混蛋！他是夹在两个女人之间的男人，这种处境的男人谁都不好做。"

"那他就不该把自己弄到这步田地。"

"这种事情，谁都可能碰到。"

她对莫里斯很谅解，这是因为她曾经宽容过查尔斯很多事情。不过，他俩之间的关系跟我们完全不一样。

"我没法相信莫里斯还能算好人，"我说，"我发现他心胸狭窄，小肚鸡肠。就因为我对他的成绩不以为然，好像就伤了他的自尊。"

"你这话没有道理，"她严肃地说，"男人谈工作，不是出于自尊。我就不明白为什么你对莫里斯的工作那么没兴趣。"

"我一窍不通呗。"

"不对。他肯定想让你分享他成功的喜悦，也想让你知道他的困难和忧虑。"

我突然想到了什么，我说：

"你见到他了？他跟你谈过吗？他给你吹了风？"

"你想什么呢！"

"我不懂你为什么替他说话。如果他是好人，那错误就全在我这儿啦。"

"也不是。有时候谁也没错，可就是过不下去了。"

过去她从来不这样跟我说话。这些人都知道什么，他们到底瞒着我什么？

我垂头丧气地回了家。情况又跟从前一样了。他几乎整天跟努艾丽在一起。即便回到家，他也尽量避免和我面对面地谈话，不是带我去看戏就是上餐厅吃饭。这样也好，反正比待在那个叫做"家"的地方少难受一些。

克莱特和让-皮埃尔对我很好。他们尽量地照顾我。他们带我去了圣日耳曼德普雷一家很别致的小馆子，一晚上放了不少出色的唱片。有一支蓝调是以前我常和莫里斯一起听的，我明白我的过去、我的一生就这样被人夺走了，就这样被我丢失了。我发出低吟，一下子昏了过去，但很快就恢复了知觉。克莱特震惊了，她向我发火：

"我不想看着你这么颓废下去了。既然爸爸对你这么无情，你就应该给他点儿颜色看看。让他跟那个女人去吧，别再来摧残你了。"

这种建议，一个月前她是不可能说的。

问题是，如果我是个好玩家，我会让莫里斯走。可是我心里还有一线希望，盼着努艾丽坚持不住，跟他闹，破坏自己的形象。也盼着我的耐心能感化莫里斯。再说，我想，即便他在家的时间很少，这也毕竟还是他的家。我不可能那么超脱。我太软弱，太懦弱，可是我不能作践自己，我得挺下去。

我注视着那尊埃及木雕，粘补得天衣无缝。它是我们一起买的，浸满了温情，像埃及的蓝天一样纯净。而现在它显得孤苦伶仃，无人问津。我把它捧在手中，眼泪夺眶而出。我再也不能佩戴莫里斯在我四十岁生日时送给我的项链。我周围的一切，所有的物件、家具都似乎被硫酸腐蚀了。一切都变成了无血无肉的骨骼，叫人心碎。

一月三十一日

我失去了控制。我还在坠落，一次比一次低。莫里斯很友好，看着我的脸色。可是他掩藏不住与努艾丽和好的快乐。他不再说："我真的爱她吗？"昨天，我跟伊莎贝尔一起吃饭，我禁不住抱住她痛哭起来。幸好餐厅的灯光比较暗。她说我过于依赖那些兴奋剂和镇静药，说我完全紊乱了。（我的确是紊乱了。这次例假居然提前了两个星期。）玛丽·朗贝尔劝我去看看精神科医生，不是去做分析，而是把我从困境中救出来。可他能怎么救我呢？

二月二日

照我过去的急脾气，我肯定会把迪安娜赶出门去，可现在我已经成了一个软柿子。我怎么会认识这样的人？以前我觉得她挺有趣的，可现在什么事情还能引起我的兴趣！

"天哪！你怎么瘦成这样！你显得特别虚弱！"

她来看我是出于好奇，出于幸灾乐祸，我看到她就感觉到了。我真不该让她进来。她乱扯一通，我并不听。突然，她大声说起来：

"我看到你这个样子太难过了。振作起来，想想办法。去旅行吧。不然你肯定要得抑郁症的。"

"我很好。"

"行了！行了！你快把自己折磨死了。我看哪，该是放手的时候了。"

她装着犹豫了一下：

"谁也不敢对你说真话。可我觉得越是这样，越是在害你。你得承认，现在莫里斯爱努艾丽，他们是很认真的。"

"努艾丽跟你说的吗？"

"不光是努艾丽。还有别的朋友，最近常看见他们的一些人，在库尔舍维勒。他们俩可能确实想一起生活了。"

我试着想显出一副满不在乎的样子，说：

"莫里斯对我撒谎不算，也同样跟努艾丽说谎。"

迪安娜充满同情地望着我：

"不管怎么说，我劝过你了。努艾丽这种女人不会轻易让人哄骗的。如果莫里斯给不了她想要的东西，她一定会甩掉他。这一点他也清楚。奇怪的是他怎么还不做决定。"

她很快走掉了。我听见她边走边说："这可怜的莫尼克！那副样子！还在做梦呢。"臭女人。我知道他爱努艾丽，可我不会那么便宜他。

二月三日

我本来不该提问题。我只是给他个竿子，他立刻就接住了。我问莫里斯：

"努艾丽说的是真的吗，说你打算跟她一块过了？"

"她肯定没这样说，没这回事儿。"

他犹豫片刻，说：

"其实我想的是，我还没跟她提过，这跟你有关，就是说我自己搬出去一段时间。我们两人住在一起总是气氛紧张，不如——暂时——分开一段时间。"

"你想离开我了？"

"不是。咱们还要经常见面。"

"我不要！"

我大喊起来。他搂住我。

"好了！好了！"他温柔地说，"只是随便的一个想法。如果你不能接受，就算了。"

努艾丽想让他离开我，她在施加压力，她跟他闹，我敢肯定如此。就是她在催他。我才不会让步呢。

二月六日,后来没写日期

　　真是没事干了瞎忙乎!晚上临睡前,我把茶壶、茶杯、长柄锅等等都按各自的位置放好,这样第二天不费吹灰之力就可以开始了。不过从被窝里爬出来,迎接新的一天才是我最难的事情。我现在让女佣下午来,好让自己在床上随便赖一上午。有时候莫里斯中午一点回来吃饭时我刚刚起床。或者他不回来的时候,我听到多尔莫太太开门的声音才起床。莫里斯看见我穿着睡袍还未梳洗,总是皱皱眉,似乎觉得我在给他演戏,专门摆这副绝望的样子。或者他觉得我自暴自弃,不"好好"面对现实。他居然也给我出主意:
　　"你去看看精神科医生吧。"
　　我的下身还在出血。要是这样毫无痛苦地死去该多好!

　　我应该知道真相。我要坐飞机去纽约,找吕西安娜问个明白。她不喜欢我,所以她会告诉我真相。这样我就可以消除所有不好的方面、所有对我不利的方面,然后重新处理莫里斯和我之间的事情。

　　昨天晚上莫里斯回来的时候,我正坐在起居室里,没有开灯,身穿睡袍。昨天是星期天,我半下午起了床,吃了一点儿火腿,喝了一点儿酒。后来我就一直坐在那里,翻来覆去地想同样的问题。他到之前,我吃了一片镇静药,又回到沙发上坐下,连天黑了都没有意识到。
　　"你在干什么?怎么不开灯?"
　　"开灯有什么用?"
　　他训斥了我,口气中有些亲昵,也有些愤怒。我为什么不去看看朋友?为什么不去看个电影?他跟我提了五个值得看的片子。我根本做不到。以前我能够独自一人去看电影,甚至去看戏。因为我不觉得孤独,因为我有他,我时刻感觉到他的存在。现在,当我独自一人的时候,我对自己说:"我真的是独自一人了。"我很害怕。

"你不能再这样下去了,"他对我说。

"怎样下去?"

"这样不吃不喝,不梳洗打扮,整天关在家里。"

"那怎么了?"

"你要完蛋了,要疯掉了。我没法帮你,因为事情是因我而起的。可是,求你了,去看看心理医生吧。"

我说不去。他恳求我,坚持着。最后他失去了耐心。

"那你想怎么解决?你根本不作任何努力。"

"解决什么?"

"这种恶性循环。你好像是故意想把自己弄成这个样子。"

他钻进了书房。他觉得我在以一种悲惨的样子吓唬他、威胁他。他想的恐怕是对的。我到底知道不知道自己是谁?也许是一个吸血鬼,靠吸食别人的血液生存,我吸了莫里斯的血,吸了两个女儿的血,也吸了那些我自以为帮助过的人的血。一个极度自私的女人,不会放手的女人。我酗酒,自暴自弃,自虐,为的是让他可怜我。我从头到脚都是腐烂的,我在演戏,我在骗取他的同情。我应该对他说去和努艾丽生活吧,让他和别人幸福地生活吧。可我做不到。

那天夜里,我做了一个梦,梦中的我穿了一件蓝色长裙,像蓝天一样。

那些微笑,那些目光,那些话语,都不可能消失。它们在房子里飘荡。我经常听得到那些话。在我耳边清清楚楚的声音:"亲爱的，宝贝儿，心肝儿……"目光和微笑呢，我可以伸手去抓，抓到以后就扣在莫里斯脸上，这样一切便和从前一样了。

我的下身还在流血。我害怕了。

"人在坠落深渊之后，唯一的可能就是爬上来。"玛丽·朗贝尔这么说。什么蠢话！人会坠落得越来越深，越来越低，一次比一次低。根本没有尽头。她这么说是想把我甩掉。她已经烦透我了。他们全都烦透了。悲剧嘛，一段时间还可以，人们有兴趣，有好奇心，人们觉得自己很善。后来就没意思了，没有发展，令人厌烦。真是令人厌烦，连我自己都厌烦了。伊莎贝尔、迪安娜、克莱特，玛丽·朗贝尔都已经够够的了，莫里斯呢……

一个人丢掉了自己的影子。我忘记后来怎么样了，反正可怕极了。我丢掉了我的样子。过去我并不注意自己的样子，但是我能从莫里斯的眼睛里看见。一个坦率、真实的女人，没有小肚鸡肠，也不耍小聪明，善解人意，宽容大度，多愁善感，细腻体贴，对身边的人和事充满爱心，给爱的人带来温暖、创造幸福。美好的生活，平静而充实，一种"和谐"的人生。现在天是黑的，我看不见自己。别人看到的是什么？或许是特别可怕的东西。

在我背后有些人在暗中接触谈判。克莱特和她父亲，伊莎贝尔和玛丽·朗贝尔，伊莎贝尔和莫里斯。

二月二十日

我向他们让步了。我对出血不止也非常害怕。我害怕沉默。我之前养成了一天给伊莎贝尔打三个电话、半夜给克莱特打电话的习惯。现在我向一个人付钱，让人家听我倾诉。

人家叫我坚持写日记。我明白他的意图：他想让我对自己感兴趣，懂得自己。然而对我来说，只有莫里斯是重要的。我是什么？我从来没有在意过。他爱我的时候，我无所谓自己怎么样。可他不爱我了……唯一叫我感兴趣的是，我做了什么，使得他不爱我了？或者说，我无可挑剔，只是他是个混蛋，是不是应该惩罚惩罚他及其帮凶？马尔盖医生则选择另外的角度，他让我谈我的父亲，母亲，我父亲的死，谈我自己，而我只想跟他说莫里斯和努艾丽。我还是问了他认不认为我是个聪明的女人。当然，一定是的。但是聪明这种东西并不是孤立存在的，如果我在死胡同里绕来绕去，我的聪明就无法发挥作用。

莫里斯对我既细心，又有一点儿对待病人的那种急躁。他忍耐着，有时候我特别想冲他大喊，有时候我也会喊出来。我真想疯掉，可以好好发泄发泄。不过马尔盖说我不会发疯，因为我的心理素质很强。即便是喝多了酒或者吃了兴奋剂，我都没有过分地失态过。这条路对我来说是不通的了。

二月二十三日

出血停止了。我也能够吃下一些东西了。多尔莫太太昨天非常高兴，因为我把她做的奶酪蛋饼全部吃掉了。我很感激她。这段日子很难过，是她给了我最多的帮助。每天晚上，我枕边都放着一件干净的睡衣。有时候，看着洁白的睡衣，我打消了和衣而睡的念头，逼着自己穿上睡衣去洗漱。她经常在下午给我预备一池洗澡水，让我去好好泡一泡。她想着法子给我做好吃的。但她从来没有发表任何看法，也不问我什么。我很羞愧，我为自己的自暴自弃感到羞愧，其实我的生活条件这么好，而她却一无所有。

"你要配合，"马尔盖医生说。我想配合。我很想找回自己。我站在镜子前，发现自己十分丑陋，我的身体是如此难看！从什么时候起变成这样了？两年前的照片上，我分明是个漂亮的女人。去年的照片也不错，尽管照片的效果不太好。难道就是这五个月的痛苦把我改变了？还是很长时间以来我一直在憔悴？

上个星期我给吕西安娜写了信。她的回信写得很情深意长。她说她得知这些事情很难过，她很想跟我谈谈，但她明白她也说不出什么特别的话来。她建议我去纽约看她，她可以安排两周时间陪陪我，我们可以聊一聊，我也可以散散心。可是我现在不想走，我想在这儿抗争。

我以前曾经说过："我是不会抗争的！"

二月二十六日

我听从心理医生的建议，接受了一份工作。雇用我的人正在撰写一本医学史方面的书，所以我每天到国家图书馆的期刊阅览室，给他在很老的医学杂志上找有用的文章。我不明白这工作对解决我的问题有什么用处。每次摘抄完一些文章，我没有丝毫成就感。

三月三日

这一天终于到了！让我去看心理医生，让我把身体恢复好了，这样就可以给我来真格的了。简直就像那些纳粹医生，给受害者们治疗，以便在他们身上施行更残忍的暴行。我对他叫喊："纳粹！刽子手！"他显得不知所措。似乎他才是受害者。他甚至对我说：

"莫尼克！可怜可怜我吧！"

他小心翼翼地再次向我解释，我们再住在一起没有一点好处，他不打算搬到努艾丽家去,他想找一个小房子自己住。我们还可以见面,也可以一起出去度假。我说不行,我又叫嚷起来,我骂了他。这一次,他没有说算了。

纯粹是开玩笑,他们这套把戏!我把那份工作辞掉了。

我想起爱伦·坡的小说:铁墙逐渐靠近,尖刀形的挂钟在我的心上方摇摆。有的时候钟摆停下来,不再往上走。它距离我的身体只有几厘米了。

三月五日

我对心理医生讲述了我们上次见面争吵的情况。他对我说:"如果您愿意的话,也许与您丈夫分开一段时间是比较好的。"是不是莫里斯给他钱了,让他说出这样的话?我直直地盯住他,说:
"真奇怪,这话您怎么没有早说。"
"我希望您自己提出来。"
"这不是我提的,是我丈夫提出来的。"
"对。但毕竟是您跟我说的。"
接着他开始说些什么丧失个性、找回个性一类的事情,什么保持距离、什么追求自身平衡等等。一派胡言。

三月八日

心理医生不再给我打击了。我没有力气了,我不想抗争了。莫里斯正在找带家具的房子,已经看了几处。这一回我什么也没说。我们俩根本没法谈话。我一副垮掉的样子:
"你真该在九月份的时候,甚至是在穆然度假的时候,就告诉我你打算离开我了。"

"首先我不离开你。"

"你这是自欺欺人嘛。"

"再说,我当时没有什么打算。"

我眼前模糊了。

"你的意思是这六个月来,你这么折磨我,反倒是我自己搞砸了?你太可恶了。"

"不是!我说的是我。我以为我能在努艾丽和你之间周旋好。可我弄糟了。我都没法工作了。"

"是努艾丽逼你离开我了?"

"她跟你一样,受不了现在这种处境。"

"要是我这段时间表现得更大度一些,你会留下吗?"

"你不可能。越是看到你和善,你不说什么,我心里越难受。"

"你离开我是因为你觉得我太可怜了,看不下去了?"

"行了!求你体谅我吧!"他以一种恳求的口气说。

"我体谅,"我说。

他大概没有说谎。去年夏天他可能还没有做决定。冷静地说,他一想到使我伤心就后悔不迭。但是努艾丽逼迫他。也许她威胁过他?最终他还是把我抛弃了。

我又说:

"我理解。努艾丽跟你讲条件。不是你离开我,就是她甩掉你。好啦!她太差劲了。她怎么也应该让你心里给我留一点儿地方。"

"但我心里有你,非常有你。"

他在犹豫,应该否认还是承认他在听努艾丽的吩咐?我逼他说出来：

"我真不敢相信，你这么容易让步。"

"让什么步！我需要的是一个人独处，清静地独处一段，你看着吧，这对咱们都有好处。"

他这样说的意图是少让我难过。是真话吗？我永远都不会知道。我知道的是，一两年以后，我习惯这种状况了，他便搬到努艾丽那儿去。那我在哪儿呢？坟墓里？远走他乡？管它呢。无所谓了⋯⋯

他，还有克莱特和伊莎贝尔，都使劲说服我，可能是商量好的，连同吕西安娜一起，劝我到纽约去玩两周。他们对我说，我不在的时候莫里斯搬家会容易些。确实，如果眼睁睁看着他把壁橱里的衣物拿走，我肯定得发疯。好吧，听你们的。吕西安娜可能会帮我弄清一些事情，即便现在弄清不弄清都没有什么意义了。

三月十五日　纽约

我总是禁不住盼望收到莫里斯的电报，或是电话，告诉我："我和努艾丽断了。"或者只说："我改主意了。我留下。"自然，这样的事是等不来的。

说实在的，如果不是现在，我一定会喜欢这个城市。但目前的我什么都视而不见。

莫里斯和克莱特送我去的机场，我吃了很多镇静药。吕西安娜会来接我：一个箱子和一个废人，或者说一个空壳。我睡着了，我什么都没想，着陆时周围一片浓雾。吕西安娜变得这么漂亮！她不再是一个羞涩的少女，而是一个非常自信的女人。（她过去总是讨厌大人。每次我跟她说"知道是我说对了吧"，她就愤怒地叫嚷："你不应该！你就不应该说对。"）她开车把我带到第五十街的一套公寓,是一个朋友借给她的布置讲究的公寓。我一边整理箱子,一边想:"我得逼她给我好好说说。这样我就清楚这一切究竟是为什么了。总比一无所知要好受些。"她说:

"你瘦下来很不错。"

"我原来太胖了?"

"有一点儿。现在更好。"

她这种镇静的声音让我有点害怕。不过晚上我还是跟她谈了。(我俩在一家喧闹的酒吧喝着烈性酒,酒吧里热得要命。)

"你见过我们怎么过日子,"我对她说,"就算你对我很有意见,你别怕我听了不高兴。给我讲讲你爸爸怎么就不爱我了。"

她笑了,有点同情地对我说:

"妈妈,结婚十五年以后,一个男人不爱妻子了,这是很正常的。相反的情况倒不正常了!"

"有些人终生相爱。"

"他们是做给别人看的。"

"你听着,你不要像外人一样跟我说话,别说什么一般情况。很正常、很自然什么的,我不愿意听这个。我肯定做错了什么。是什么错?"

"你错在不该相信爱情能够永远。我就明白了。我现在一旦发现自己恋上某个男人,就立刻再找一个。"

"那你永远都不会爱!"

"当然啦。爱有什么好处,你最明白。"

"那谁都不爱,活着有什么意思呢?"

我对爱过莫里斯并不后悔,我甚至愿意继续爱他,我希望的是他也爱我。

后来几天我又对她说过:

"你看伊莎贝尔,你看迪安娜,还有库图里埃夫妇,有的是天长地久的婚姻。"

"这是统计学数字。你如果把宝押在婚姻上,你就有可能在四十岁的时候被人抛弃,两手空空。可以算你运气不好,这样的人也有的是。"

"我可不是远渡重洋来听你说这种胡话的。"

"就这一点儿胡话,你连想都没想过,你为什么不相信呢?"

"统计学也没说这就该轮到我头上!"

她耸耸肩膀,换了话题,她带我去看演出,看电影,她带我观光。可我并不放过她:

"你有没有觉得我不理解你爸爸,觉得我配不上他?"

"十五岁的时候想过。当然啦,所有的女孩都恋父。"

"那时候你到底怎么想的?"

"觉得你不够崇拜他,他对我来说是世界上最有才的人。"

"我肯定是应该对他的工作更关心一些。你觉得他埋怨我吗?"

"为这个?"

"为这个或者为别的。"

"我没看出来。"

"我跟他经常吵架吗?"

"没有,我没看见。"

"五五年那年大概常吵,克莱特还记得……"

"那是因为她成天围着你转。而且她比我大。"

"那照你看,你爸爸为什么要离开我?"

"一般男人到这个年纪,总想开始新生活。他们想象生活应该是常新的。"

我真是从吕西安娜这儿听不到什么正经话。难道她觉得我这么糟糕吗，都说不出口了？

三月十六日

"你老是不说你对我的看法：真的那么糟糕吗？"

"你想什么呢！"

"我杞人忧天，确实。可我就是想对自己的过去了解得透彻一点儿。"

"未来才是重要的。你找几个男人。或者找份工作吧。"

"不。我就要你爸爸。"

"他可能会回心转意的。"

"你明明知道这不可能。"

这样的话我们至少说了十次。她也一样，被我弄烦了。没准等我把她烦透了，她就憋不住会跟我说了。可她怎么那么有耐性呢？肯定是他们给她写过信，让她体谅我，忍受我。

天哪！人的一生，要顺则事事皆顺；可一旦有了麻烦，就会发现自己一头雾水，什么都不知道，对自己、对他人都一无所知，他们在想什么，在做什么，他们怎么看你……

我问她对她父亲的看法。

"我呀，对谁都没看法。"

"你不觉得他的行为很无耻吗？"

"老实说，不觉得。他肯定对这个女人抱有幻想。他太天真了。但是不无耻。"

"那你觉得他有权把我牺牲掉吗？"

"这当然对你很不公平。那难道他该把自己牺牲掉？我反正不会为别人牺牲自己。"

她做出一副凶狠的样子。她真的这么冷酷吗？我不知道。她并不是像我开始认为的那么自信。昨天我问了她有关她自己的事情。

"你听我说，你给我老老实实地说，你爸爸老跟我说谎，我得听点儿真话。你是因为想躲开我才来美国的吗？"

"你说什么呢！"

"你爸爸认为是这样。而且为这事他挺恨我的。我明白你很烦我。我一直让你心烦。"

"不如说，我不适合家庭生活。"

"你主要是受不了我。你走就是想摆脱我。"

"你别夸张了。你没有压制我。没有，我只是想看看自己的翅膀硬不硬。"

"那你现在知道了。"

"是，我的翅膀硬了。"

"你快乐吗？"

"这是你的观念。这对我没有意义。"

"那就是说你并不快乐。"

她以一种恶狠狠的口吻说：

"我喜欢现在的生活。"

工作，娱乐，短暂的欢爱，我不能认同这种活法。她有时候很生硬，很急躁，不单单是对我，这让我觉得她有一些难言之隐。这大概也是我的错，她如今这样抵制感情，一定是因为反感我的多愁善感，她才选择了跟我背道而驰。她的一举一动都显得有点僵硬，甚至无情无义。她让我见了她的几个朋友，她对待他们的态度叫我吃惊：她总是很冷淡，干巴巴的，她的笑声都透不出快乐。

三月二十日

吕西安娜身上有些地方不对。我一直不敢用这个词，我害怕说出来，但事实如此：她的恶毒。挑剔、嘲讽、口无遮拦，她一向如此；但对于她所谓的朋友，她流露出一种恶毒。她喜欢对他们说一些难听的实话。其实他们只能算她认识的人。她很想带我见一些人，可她完全是孤独的。恶毒也是一种自我保护，她怕什么？总之她不是我在巴黎所想象的那个优秀、坚强、镇定的女孩。难道是我把她们俩全害了？啊！不能啊！

我问她：

"你是不是跟你爸爸一样，觉得克莱特结婚结得很傻？"

"她想要的就是这种婚姻。她成天只想着爱情，一旦碰到了就完蛋了。"

"她这个样子，是不是我的错？"

她笑了，那种没有快乐的笑：

"你的责任感有点过分强了！"

我坚持我的看法。但在她看来，童年期最重要的是心理健康状况，这种状况跟父母无关，父母也不见得明白。家庭教育作为一种有意识的影响，完全是次要的。我的责任感根本没有意义。但这并不让我觉得解脱。我不是想证明自己没错，其实，这两个女儿是我一生的骄傲。

我也问了她：

"你对我怎么看？"

她不解地看着我。

"我是说，你怎么描述我呢？"

"你是很典型的法国女人，用这边的话来说就是非常 soft（温柔）。也非常理想化。你不会维护自己，这是你唯一的缺点。"

"唯一的？"

"就是。除此之外，你很开朗，乐观，挺可爱的。"

这样的描述太粗线条了。我重复她的话：

"开朗，乐观，挺可爱的……"

她不好意思起来：

"那你自己怎么看你？"

"像沼泽地。一切都陷下去了。"

"你会找回你自己的。"

不可能了，这恐怕就是最可怕的事情。我到现在才刚意识到自己对自己究竟怎么评价。这样评价的理由我说不出来，莫里斯已经全部毁掉了。我评判别人以及自己的标准，也被莫里斯彻底否定了。过去我从来没有想过对自己做人的准则予以质疑。而今我在问自己：凭什么认为家庭生活比社交生活好？凭什么觉得文静稳重比蜻蜓点水好？凭什么说脚踏实地就比雄心壮志好？我所有的志向就是使我周围的人感到幸福。可是我没有让莫里斯感到幸福。两个女儿也没有得到幸福。怎么办？我不知道。我既不知道自己是谁，也不清楚将来该怎么样。黑与白完全交错在一起，世界混沌一团，而我也没有任何轮廓。如果什么都不信，连自己也不信，我如何生活下去？

吕西安娜看到纽约竟然引不起我的兴趣，非常气愤。以前，我很少出门，但每次外出我都兴致勃勃，我对风景、人、美术馆和街景都充满兴趣。可现在我像死人一样。一个还得苦熬多少年的死人？其实每一天早晨醒来，我都觉得自己很难挨到晚上。昨天洗澡的时候，我甚至抬不起一只胳膊：为什么洗澡要抬起胳膊，为什么走路需要迈步？一个人上街的时候，我经常长时间坐在马路牙子上，整个人像瘫了似的。

三月二十三日

　　我明天走。我的四周还是漆黑一片。我发电报不让莫里斯去奥利机场接我。我不知见了他怎么应付。他肯定已经离开家了。我回家了，但他走了。

三月二十四日

　　到了。克莱特和让-皮埃尔在等我。我在他们家吃了饭。他们把我送回家。窗户是黑的，以后窗户永远都会是黑的。我们上了楼，他们把我的行李放在起居室。我不让克莱特留下来陪我，我得自己习惯。我在桌前坐下。我坐下来。我看着那两扇门：一扇通向莫里斯的书房，另一扇通向我们的卧室。紧闭着的门。一扇紧闭的门，门后有一些东西。我不动门就不会开。不要动，千万不要动。让时间和生命就这样停止。

　　可是我明白我会动的。门会慢慢地打开，我会看到门后的东西。那就是未来。未来的大门会打开的。慢慢地，却势不可挡。我就在门槛上。我面前只有这扇门，以及门后的一切。我怕。没有人可以帮我。

　　我怕。

SIMONE DE BEAUVOIR
La femme rompue

本书根据伽里玛出版社 1967 年法文版译出
© Éditions Gallimard, 1967
All rights reserved
All adaptations are forbidden.
Sale is forbidden outside of the People's Republic of China.

图字：09 - 2006 - 481 号

图书在版编目(CIP)数据

独白 /（法）西蒙娜·德·波伏瓦著；张香筠
译. — 上海：上海译文出版社，2024.4（2024.10 重印）
ISBN 978 - 7 - 5327 - 9550 - 5

Ⅰ. ①独… Ⅱ. ①西… ②张… Ⅲ. ①短篇小说-小
说集-法国-现代 Ⅳ. ①I565.45

中国国家版本馆 CIP 数据核字(2024)第 020726 号

| 独白
La femme rompue | SIMONE DE BEAUVOIR
[法]西蒙娜·德·波伏瓦 著
张香筠 译 | 出版统筹 赵武平
责任编辑 周 冉
装帧设计 董茹嘉 |

上海译文出版社有限公司出版、发行
网址：www.yiwen.com.cn
201101 上海市闵行区号景路 159 弄 B 座
上海市崇明县裕安印刷厂印刷

开本 890×1240 1/32 印张 6.5 插页 2 字数 114,000
2024 年 4 月第 1 版 2024 年 10 月第 2 次印刷

ISBN 978 - 7 - 5327 - 9550 - 5/I · 5979
定价：49.00 元

本书版权为本社独家所有，未经本社同意不得转载、摘编或复制
如有质量问题，请与承印厂质量科联系，T：021 - 59404766